↑2009 年10月 李彦宏上海交大招聘会

英雄不论出处，你的学习的能力，你的适应的能力，你的心态，你是不是想把这个事情做成，这个我觉得是最重要的

→2008年7月 台湾大学演讲

我们赶上了一个可以发挥自己能量的好时代

↑**2008年4月 上海交大创业讲座**

创业需要你去做一件你喜欢并擅长，而且能够坚忍不拔长期去做的事情

↓**2008年7月 北大毕业典礼**

视野有多远，世界就有多大

↑2007年12月 北大EMBA讲堂

我对专注有宗教一般的信仰

↓2007年11月 香港科技大学

以用户导向为中心的搜索引擎，你必须促使自己一直做得比原来更好

↑2004年6月 西安交大

心中有一个理想，就是做的东西能够改变世界。能够有一天被很多很多人所使用，能够让很多人从中获益

↑2003年11月 北京理工大学

在学校里头，获得的最珍贵的东西是养成了独立思考的能力

↑2006年12月 清华大学宣讲

在我看来，商业领袖和科技人才并不矛盾，只要所做的技术有价值，都会得到资本市场的认可

壹百度2

人生可以走直线

李彦宏教你驰骋职场的阳光法则

朱光◎主编

直线，朴素的力量是直达人生巅峰的最短路程

阳光法则，无招胜有招的致胜之道，让你获得根深叶茂的成功

凤凰出版传媒集团
江苏文艺出版社
JIANGSU LITERATURE AND ART PUBLISHING HOUSE

图书在版编目（CIP）数据

壹百度2：人生可以走直线 / 朱光编.—南京：江苏文艺出版社，2010.5
ISBN 978-7-5399-3740-3

Ⅰ.①壹…　Ⅱ.①朱…　Ⅲ.①网络企业—企业管理—研究—中国
Ⅳ.①F279.244.4

中国版本图书馆CIP数据核字（2010）第067497号

壹百度2：人生可以走直线

主　　编：朱　光
责任编辑：刘　霁
特约编辑：于向勇　伍　志
封面设计：九品轩装帧设计
出版发行：凤凰出版传媒集团
　　　　　江苏文艺出版社　http://www.jswenyi.com
集团网址：凤凰出版传媒网　http://www.ppm.cn
印　　刷：三河市鑫金马印装有限公司
经　　销：新华书店
开　　本：700×1000　1/16
字　　数：224千字
印　　张：15
版　　次：2010年5月第1版
印　　次：2010年5月第2次印刷
书　　号：ISBN 978-7-5399-3740-3
定　　价：26.80元

序言

你应该拥有阳光下的成功

——李彦宏致年轻读者的一封信

朋友们：

此刻，北半球正进入夏天，白昼变长，阳光充沛，生命从青涩走向成熟。你可能是在读的学生，或是即将离开校园，进入职场的毕业生，也可能是正在为理想打拼的职场新人。现在，你们也正处于人生走向成熟的阶段。

在百度搬离北京中关村以前，我办公室的窗一直朝向我的母校——北京大学。透过那扇窗，我可以看到自己当年住过的宿舍和从青涩走向成熟的自己。大学时光给了我独立思考、做出判断的能力，我一生都从中受益。

回望过去，我时常觉得幸运。我在我一生最美好的时光，从事我最热爱的事业，能在自己不断成长的过程中，为世人创造一些价值。在这样的路上，我坚守着那些简单、朴素的信念，并依靠这些信念的力量逐步接近成功。

你们正带着新奇和些许惴惴不安走入更广阔的世界，进入生命的夏天。在这个季节，走一条什么样的路，将决定你未来的收获。此时此刻，你们也是幸运的。因为整个世界正变得更加理性、公平。在这样的世界，秉持朴素的信念，将获得巨大的力量；在这样的世界，你不必违背自己的内心，放弃棱角和个性去学习圆滑的处世之道；在这样的世界，阳光下的成功与我们如此接近。

互联网正与传统工业飞速融合，商业规则正被彻底改变，同时发生变化的还有人们的生活方式。与此同时，社会变得包容，公平的规则变得畅行无阻。这是一个充满机会的年代：很多传统的规则彻底失效，新的秩序正在建立，如同阳光之下，万物葳蕤。

正是因为这样的变化，那些简单而质朴的法则将重新发挥作用。因循这些法则，我们将以对他人和整个世界友善、负责而积极的心态和行动，让自己的人生舍弃不必要的迂回和闪避，让内心的渴望驱动真实的自我，拥有阳光下的成功——如果人生真的有捷径，这就是最短的路程。

你们注定将经受考验和磨砺，或许，一些痛楚。但这就像夏天的乌云和雷雨，只能短暂占据天空。如果这个世界曾经施予你不甚积极的影响，你需要从现在开始，放下这些包袱，获得阳光下的成功——因为这符合社会和整个世界进步的方向。

我和百度都无法提供人生的捷径和职场上的潜规则，而且我们并不为此感到抱歉，因为这些并非用户所需。

你不必因为外界环境的影响而扭曲本真的自我；

你不必操习那些你曾经不屑一顾的所谓技巧来获得他人赏识；

你不必让自己的成就与虚与委蛇、见风使舵、患得患失、畏首畏尾相联系。

在阳光下拥有朴素的成功，让自己变得敢于、乐于、善于为世界创造价值。

2010年初夏

编者序

你，本应有更大的成就。

在生命的最后一天，你会不会这样问自己？

乔布斯在17岁时读到一句话：“如果你把每一天都当做生命的最后一天去生活，那么有一天你会发现你是正确的。”从那时起的30多年里，他就是这样做的。

从呱呱落地之时起，每一个人就开始与属于自己的那几十年光阴赛跑，我们渐渐发现，若想在一生中取得更大的成就、创造更多的价值，唯一能凭一己之力去改变的，就是尽可能地少走弯路。

回首往日，我们往往会发现自己走过太多弯路。比如小学时贪玩没有考上重点中学，比如听家人的话考了自己没兴趣的专业，比如工作几年后才发现入错了行……在顺境中，我们迷失过自我；在逆境中，我们也会失去方向……我们总是缺乏安全感，从而不断追问自己是否有更好的选择。

人生中有许多风景注定要在弯路中才能体会，生命也往往在挫折中能够更快成长。但生命有限，青春无价，我们的人生毕竟不是用来犯错的。那些能够尽可能不走弯路的人，是最具智慧的。百度的创始人李彦宏正是这样的人。从求学、出国到工作，从创建百度到让百度迅速而稳健地成长为市值千亿的公司，成为全球市场份额最大、盈利能力最强的中文搜索引擎……年轻的他便已取得如此巨大的成就，正是因为坚守了一些朴素的原则从而避开了一个个陷阱与险湾。

经过大量的追溯、搜集和访谈，我们将李彦宏的这些理念汇集成29条阳光法则，出版了一本针对企业读者的《壹百度》；该书一经出版，就受到了企业界和媒体的高度关注与评价，而与此同时，在微博、BBS、SNS网站上，许多年轻读者自发地将之转载推荐，认为这是在这个创业年代照亮新人的职场之路的一抹温暖阳光。

为满足众多年轻读者的需求，我们将这29条的解读进行引申、细化，用李彦宏和百度人的故事一一诠释，并拆解成具有极强的可操作性的实战指南，编成这本《壹百度2：人生可以走直线》。李彦宏先生更是亲笔审定，认为这是百度送给年轻读者的最佳礼物。

不同于当下通行的各种职场技巧、潜规则，本书鼓励读者不隐藏自己的本性、不做违背内心的事情。只要坚持自己的选择，并采取正确的方法，就能得到快乐的过程与辉煌的成就，让我们在人生与职场中直线到达彼岸。

那么，就请将这本书收藏于离右手最近的地方。它的每一条本真而朴素的道理，因简单而有力，经得起千百次敲凿考验。相信你的每一次重新翻阅，都会使自己更有信心地做出正确选择。

2010年4月25日

朱光

目 录

105 人际学不教你的处世之道

145 征服你的上司，而不只是服从

191 走上管理岗位前先要磨砺好胸怀

215 没有老板心态的员工，不会成为好员工

先规划人生
再规划职场

人一定要做自己喜欢且擅长的事情

认准了，就去做；不跟风，不动摇

专注如一

人一定要做自己喜欢且擅长的事情

“内心的喜好是推动事业进步的最大动力，它能帮你克服困难，坚持到底；如果你喜欢的事情有很多，要挑选自己最擅长做的事，这样就能在感受快乐的同时取得超乎常人的成就。”

【职场价值观】

在我们即将讲述的二十九条职场成长准则中，本条拥有最高权重，你即将从事的工作，是不是你最喜欢并且擅长的事情，将决定你能在多大程度上做出完美的职业规划和人生规划，以及在多大程度上接近成功。

“认识你自己”，作为象征世间最高智慧的阿波罗神谕，被镌刻在古希腊阿波罗神殿的石柱上。不巧的是，“认识自己”很难。当然，你还年轻，没必要立即通过“我们从哪儿来，到哪儿去”的思索来认识自己。你需要做的，就是发现自己的兴趣和特长，而且，发现得越早，就越有可能避开弯路。

曾国藩曾说：“世上没有庸才，只有放错了岗位的人才。”从根本上讲，别人无法把你束缚在错误的岗位上，能这样做的，只有你自己。

【李彦宏实践】

2006年，《鲁豫有约》节目采访中，Robin（在百度内部李彦宏的“昵称”）第一次在公开场合谈起了自己的“成功秘诀”。

二十年来，Robin一直在用自己的行动实践着这句话：人一定要做自己喜欢并擅长的事情，从未离开自己喜欢的行业半步。

百度2005年上市后，就不断有人来劝Robin，“百度有钱了，应该涉足网络游戏，多个赚钱的业务……”那时网游在中国已经非常热，国内的互联网企业纷纷投向网游运营商的行列。然而Robin的回答始终是No，理由很简单，这不是百度所擅长的。

2007年，中国一家门户网站自主研发的在线游戏收入达到上千万美元，在纳斯达克一石激起千层浪，一条清晰的坐拥用户群就可以赚到丰厚回报的赢利模式出现在大家眼前，这个行业更热了，业界的大公司纷纷把网游定为战略级产品部署重兵。

这天，有人拿着一组数据翔实的调研报告来找Robin，“从百度社区的用户来看，其中很多人都是网络游戏的玩家，他们每天花在网络游戏上的时间比搜索和社区的都长，既然用户有这方面的需求，我们是不是可以着手尝试涉足网游，让他们在百度平台上得到满足?”

Robin仔细地看完数据，平静地反问：“数据确实证明了需求。但是我们做网游的优势又在哪里?”

“我们有这些用户啊。其他这些网站也都谈不上什么优势，只要有用户、有需求，就可以运营起来了。”

Robin缓慢地摇了摇头，坦白地说：“刚回国的时候我就已经看到了中国网民对网络游戏的热情高于其他任何国家的特殊形势。但我自己从来不玩网游，很长时间都搞不懂网游。我想，对于这种自己都不喜欢，更不擅长的事，即使商业机会摆在那儿，我也肯定做不过真正喜欢它的人。所以我选择了搜索。今天你让我选，我还是会这样选。”

“这个行业的利润比我们做搜索高多了!我们有这么充足的用户需求，不做，太可惜了。”

Robin想了想说：“那么，我们可以尝试通过合作的方式，为网游厂商

人一定要做自己喜欢并擅长的事情

一、做自己喜欢做的事情。

二、做自己擅长做的事情。

提供一个推广平台，让真正喜欢的人来做他们擅长的事，我们只在里边起间接作用吧。”

于是，作为推广方式的第一步，百度游戏频道诞生了。业界很多人分析百度要进入网游领域分羹，分析师们也总是不停地探问，百度什么时候开始进入网游行业？而Robin从不为之所动，他的回答是明确的：“暂时没有这个打算。”

出于同样的原因，在2003、2004年好多人劝百度投入SP（移动互联网服务内容应用服务的直接提供者）业务“捞钱”时，Robin都以“这不是百度擅长的事”为由拒绝了。正是这样的取舍，使百度能够专注于自己喜欢且擅长的搜索领域，才取得了今天的市场领先地位。

【职场真人秀】

头衔不重要

百度首席产品架构师孙云丰经常说：“我们招PM（产品经理）时，经常会招来一些背景很诡异但是极度热爱搜索的人。”

什么叫诡异？举个他自己的例子大家就明白了。

2003年的孙云丰，还是苏州一个普通的推销员，他已经卖了三年的包装材料，业绩还不错，这是他的“生计”。业余时间，他则是以搜索狂热分子的形象活跃在互联网论坛上。从2000年起，孙云丰就对搜索引擎着了迷，还曾在搜索论坛上发表自己写的《搜索从入门到精通》连载，引来各路高手赞叹。他到处宣扬自己的判断——“搜索引擎将让人类生活产生革命性变化”。不过，这也仅仅是他的爱好而已。

2003年年底的一天，他接到了来自千里之外的百度的邀请：有没有兴趣来百度做个PM？

没有系统学习过搜索技术、也不太确切了解PM是干什么的孙云丰，就冲着“搜索”两个字便兴冲冲来到百度面试。

可他对搜索技术实在了解不多，面试结果很不理想。转身打道回府，孙云丰对俞军（时任百度产品市场总监）说："那就算了吧，我继续做我的推销员吧。"

回到苏州，孙云丰的心绪却无法恢复平静，他意识到，这次面试，已经将他带到了搜索引擎世界的门口，也让他第一次认真地检视自己内心真正的追求——他发现自己对搜索引擎原来有着如此无法割舍的喜爱。他不甘心，觉得自己能做好也很愿意做好百度PM这份工作。

想了几天之后，孙云丰给俞军打来电话："我真的很想去百度做搜索，而且我相信我能干好。不用给我头衔了，工资不比我现在的少就行，让我先干一两个月怎么样?"

百度给了孙云丰机会。孙云丰也用事实证明了自己确有其长。来百度第一个月，他就以自己对搜索引擎各项关键指标的理解，为百度建立了搜索引擎评估体系，这成为了后来百度网页搜索发展的一块关键基石。

发自内心的喜欢使孙云丰将全部的精力都注入到对搜索引擎的学习和钻研之中，每天十几个小时与搜索引擎的产品和用户习惯打交道。不到一年，孙云丰就补上了业务上的功课，加之实践经验的积累，他很快成为了国内搜索引擎PM领域的顶尖高手。

百度的PM很多都来自"江湖"，他们的背景天差地别，但都有一个共同的特征，就是对互联网很爱、很熟，一定是个网虫。喜欢和擅长，是百度人能把搜索引擎做到极致的本源。

百度敢于任用这些"背景诡异"的人，就是因为他们对搜索引擎的无尽热爱和天然的深入理解能力。喜欢并擅长，也将帮助你打破专业藩篱，突破常人无法想象的困难。毫无疑问，它也会帮助你打动你想进入的公司。

你注定要成为某个人

在生命走到尽头的时候，鲁契亚诺·帕瓦罗蒂（Luciano Pavarotti）说："我认为生活在音乐里的生命，是一段美丽的乐章，这就是我一生奉献给音乐的原因。"帕瓦罗蒂出生时的第一声啼哭就惊呆了医生和父母，因为他们从未听过如此高亢嘹亮的哭声。帕瓦罗蒂的父母分别是面包师和烟厂女工，如果不是自己对音乐的热爱和全情投入，帕瓦罗蒂的天籁之音恐怕只能在劳动之余聊以自娱。

很多人不见得有帕瓦罗蒂那么幸运，几乎从生命的第一刻就发现自己的优势，很多情况下，我们要经过一番辗转，才能找到自己擅长的领域。

不少人知道，冉·库哈斯（Rem Koolhaas）是鸟巢的设计者，国际著名的建筑师。但很少人知道，他的第一份工作是做记者。19岁时，库哈斯开始在《海牙邮报》当记者，同时还在一个年轻的电影小组从事剧本创作。因为这两项工作，他开始了对政治和建筑的思考。

24岁时，他开始学习建筑学，从此一发不可收拾。31岁，他有了自己的工作室。从此，他对建筑与人的活动的关系进行了长达二十年的研究。他相信建筑应该包容一切文化形态和人们多种多样的行为。库哈斯在解释鸟巢的设计思路时表示，他希望借助鸟巢传达这样的精神：众生平等。

【最优化法则】

1. 找到真正的一生所爱。

怎样发现自己最喜欢的是什么？可以参考苹果创始人乔布斯的“明天死去”原则。从17岁起，乔布斯每天都会对着镜子自问：“如果今天是我的最后一天，我还会去做原来打算做的那些事吗?”乔布斯相信，在死亡面前，荣辱成败都变得无足轻重，剩下的就是你最紧要的事情。

如果明天死去，那么今天你选择的工作，就是你愿意为之奋斗一生的工作。这样去想，你就会剔除那些看来重要，但无关紧要的选项，找到自己最喜欢做的事。

2. 将精力集中在优势领域，使之比万万人更强。

盖洛普说，成功就是充分实现你的潜能，而这取决于你能否准确识别并全力发挥你的天生优势，所谓优势，就是你天生能做一件事，不费劲，却比其他一万个人做得好。想想看，不要抱怨自己天赋平平，我们每个人必有某种过人之处，那就是你真正擅长的事情。把精力集中在这个领域去专注如一地学习、奋斗，肯定能获得比在任何其他领域更多的成就。

3. 有舍才有得。

选定自己喜欢并且擅长的领域之后，割舍变得简单。你会跳出薪酬、忽略福利、忘记工作时间、不计工作地点、抛开职位高低，此时，你才拥有了一份真正意义上的职业规划乃至人生规划。

4. 放开眼光，别被自己束缚。

有同学可能会问，我最喜欢的事是打游戏，我觉得我打得挺好，当然网上还有很多比我打得好的高人，那么我是否只能去做一个网络游戏的程序开发员？这，就是钻进牛角尖了。

首先要跳出具体的事情，从本质上来看什么是你所喜欢和擅长的事。如果将打游戏的乐趣折射到你的人生中，你所喜欢和擅长的可能是充满挑战、刺激的任务，胜负分明、成就感丰沛的工作，它可能与团队合作有关，是互联网行业的工作……事实上，你会发现，除了电脑游戏的开发，还有很多类似的工作能帮你找到发挥个人潜能的出口。

其次，喜欢且擅长，不能一叶障目，不见泰山，也要明辨是非，符合社会发展的趋向和大多数人的利益。

天生我才必有用，喜欢且擅长绝不是无原则的偏执，它要能为大多数人创造价值，并且，持久地创造价值。

【解决力自测】

你特别喜欢位列全球500强的P公司，并希望能进入P公司工作，虽然你并不确定自己适合做哪个领域。明天你将见到P公司人力资源部的面试官，他的助手在今天打来电话，暗示你说你可能并不适合你事先申请的那个岗位，P公司考虑让你从事另一个领域的工作。

在见到面试官之前的一天里，你应该做哪些准备？

认准了，就去做；不跟风，不动摇

"'认准了，就去做'讲的是判断力和行动力——要正确地判断形势与机会，一旦看准了，就要付诸行动，患得患失只能坐失良机；'不跟风，不动摇'讲的是远见与定力——能看到机会的人很多，但能坚持到底，不为眼前利益所动，不因一时困难变节的人却很少，所以多数人的成功都是昙花一现的。"

【职场价值观】

在阅读本节的内容之前，请确认你已经找到了自己喜欢并擅长的事情，辨明了自己的方向。接下来，你要有"认准了，就去做"的热情，立即行动；更要有"不跟风，不动摇"的定力，坚持到底。

英特尔创始人安迪·格鲁夫说过一句名言："只有偏执狂才能生存。"正是因为他的"偏执"，所以英特尔成了芯片业的领导者，并将领导地位保持至今。

似乎很多成功人士都是执拗的人，甚至是大家眼中的"怪人"：数十年如一日盯住一个点，百折不挠，不管别人是否看好，都完全影响不了他的行动，比如比尔·盖茨放弃令人羡慕的哈佛学位创立前景莫测的微软，比如李书福放出狂言“汽车就是俩沙发加四个轮子”，以“纯外行”身份杀入强手云集的汽车业……

“不跟风”有两层含义，一是你有自己的志向，不会轻易为外部环境所左右；二是你的志向要远大，不满足于做跟随者，而要成为领先者，领先者从来都是创造潮流而不跟从潮流的。

力帆集团的创始人尹明善谈创业时说过一句话：“胆识胆识，有胆有识，胆在识先。”要做到最好，是要有勇气有担当的。

【李彦宏实践】

2009年7月，Robin以创业导师的身份做客央视《青年创业中国强》活动。在现场，央视主持人希望他为中国所有的青年创业者写下一句寄语，分享百度成功创业的秘诀。Robin欣然提笔，写下十二个字：“认准了，就去做；不跟风，不动摇”。

这十二个字，来自于他从实践中得出的真知。

2001年的一个互联网会议上，曾被誉为中国“第一代织网人”的某网络公司总经理碰巧和Robin坐在一起，寒暄间，她问Robin：

“你们公司是做什么的?”

Robin回答：“我们在做互联网搜索引擎。”

对方道：“搜索引擎没什么前途吧，现在很多公司，像新浪、搜狐、慧聪，还有Openfind、Altavista都在做搜索引擎啊。”

Robin笑了笑没有争辩，只是很礼貌地说：“我看好搜索引擎，我们能把搜索引擎做到最好。”

2002年春天，一位投资人兴冲冲地闯进Robin的办公室，兴奋地说：“我投钱给你们做无线增值业务吧，我们一定能大赚一笔。”

那时，无线增值业务非常火暴，在国内的大型互联网公司里，只有百度还没有涉足。但Robin冷静地拒绝了，他说：“搜索要做的事情还很多，我们应该专注于互联网搜索领域，我看好它未来的增长。”

事情传开后，很多人觉得Robin傻，不懂捞快钱。

认准了，就去做，不跟风，不动摇

然而几年后，当中国互联网用户迅猛地超过三亿时，百度已经成为行业的领军企业，业务蒸蒸日上。而许多当年做无线的“大佬”却无声无息了。

现在回头看去，那位投资人不禁感慨：“如果当时百度跟风去做无线增值业务，肯定不会有今天的成就。”

【职场真人秀】

不听劝的儿子

Dan的妈妈很焦虑，甚至生气，一直引以为骄傲的儿子突然“很不听话”。——儿子从小品学兼优，打上学起就没让她操过心，年年都是年级前三名，一路读到了博士，亲戚朋友都羡慕她“好福气”，一直拿Dan作为教育自己孩子的榜样，可眼看着胜利在望了，Dan突然告诉自己要放弃博士学位！而且是为了一个什么叫“百度”的她没听说过的公司！

任她说破嘴，Dan就是不改主意，让她没法儿不着急上火。

Dan的妈妈不认为自己是个婆婆妈妈的老太太，别人家的父母都催着儿子赶紧结婚让自己抱孙子，她就不，她希望自己的儿子实现理想，不能被这些琐事绊住了手脚，从来不催他。可现在，他居然要为一个不知名的小公司放弃名校学位！早知道是这个结局，还不如早点儿结婚生孩子呢。

看到晚上11点还在加班的儿子，Dan的妈妈又是心疼又是抱怨，忍不住又念叨起来：“Dan，你看你读了那么多年书，工作才多久啊，你就不能抽时间把论文写一写，圆满地拿到博士学位吗？”妈妈尽量用耐心的口气劝儿子。

埋头在书桌的Dan抬起头，“妈，对我来说，在百度的工作比读博更重要。博士学位虽然很重要，也很漂亮，但我更喜欢我在百度做的事情。你不是希望我实现理想吗？这就是我的理想啊！”Dan很孝顺，他理解妈妈的感受，也不想让妈妈生气，所以尽量平心静气地解释。

此时的Dan已经在百度工作三年多了，2000年时，还在读博二的他便来到初创的百度实习，很快他就喜欢上了这份工作，并惊喜地发现这是自己愿意为之奋斗的事业。

但是从不“触网”的妈妈无法理解儿子的选择，怨道：“那么多年来你所有的目标都实现了，你也立志要拿到博士学位，将来还要出国，你现在放弃了，多可惜呀!”

“妈妈，我在做的是互联网搜索引擎，这在全中国都是从来没有人做过的东西，如果我们能把它做好的话，就会有上亿人因我们而受益。你不觉得这是特别有意义的一件事情吗？我认准百度了，请您相信我吧，我每天的工作都很有意义，我想一直做下去。”一提起他所做的事，Dan的语气变得热切而坚定。

Dan的妈妈还是无法理解，但她清楚地看到了儿子眼中亮晶晶的东西，闪烁着激情——她很熟悉这种眼神，小时候Dan一旦攻克了学习上的难关，眼中也会放出这种光芒。虽然仍然不明白什么是“搜索引擎”，但妈妈放弃再说服他了。出于母亲的本能，她觉得也许儿子是对的。

就这样，Dan在百度一干就是十年，从一名写代码的实习生工程师，一步步成长为负责十几条产品线、管理数百人的高级技术总监。他的母亲也越来越多地知道了百度，理解了儿子说的“百度的意义”，百度推出的“老年搜索”更让她成为了忠实用户，还在老姐妹之间大力推广。像以往一样，她继续为儿子的成绩感到非常自豪。

十年来，每年，甚至每个月，Dan都会接到很多猎头的电话，许以丰薪高位，大多是做CTO、副总裁或联合创始人等。这样的电话接得多了，他也懒得再和对方讲自己为什么不会离开百度了，一听对方是猎头公司，便笑笑说：“谢谢你，我最近不想换工作。”

十年里，不断有同事好友自行创业或跳槽到新兴的互联网公司，动之以战友情，晓之以人生理，劝Dan也来挑战一下别的行业，他也都一一回绝了。

现在，Dan还是经常在百度工作到深夜。一位朋友实在不理解，忍不住问道：“有这么多的机会，你为什么都不考虑一下?”

Dan很认真地反问：“搜索新产品技术还可以做得更好，我为什么要停下来呢?”他眼睛里的光芒，和2003年时一样热切。

好公司能一句话把自己说清楚

中国的地产“教父”冯仑有一个经典判断：“好公司应当能够一句话说清楚，别人一眼看得懂。”

比如，自己公司做什么，是做食品，还是制衣，一句话就讲完了，不仅老板自己一句话讲得清楚，问到无论哪一级员工，大家都众口一词，八九不离十。但这还不够，还得看别人——特别是外行、普通人对你做什么的说法与你自己的说法是否吻合。

反面案例比如牟其中，不仅自己讲不清楚“南德”是干什么的，而且别人听其言、观其行之后仍摸不着头脑。以往失陷的企业当中亦有不少这样的故事：德隆的整合产业，三九的低成本扩张，各种企业的资本运作，等等。其掌门人大多自己一句话说不清楚，同时，从媒体到投资者对企业亦如盲人摸象。

相反，再看如万科、华为、海尔、汇源等稳健成熟的公司，其掌门人任何时候都只需一句，最多寥寥数语，就能说清自己，我们外行也无须多花工夫，只需一眼就看得明白他们在做什么。其实国外也一样，可口可乐、吉列、麦当劳都是简单到我们一眼就看得懂的企业。

世间万物，伟大只是一种简单，只有真实才不怕简单，复杂的东西特别容易“好看”，但好看的后面往往是荒唐和陷阱。

有道是“有志者立长志，无志者常立志”，很明显好公司都是有“主心骨”的，有自己的目标，有长远的规划，绝不会因为一时一地的利益而轻易改变。什么赚钱做什么，盲目“多元化”，绝不是志向远大的人之所为。

【最优化法则】

1. 在行动之前做充分的论证，准确地判断形势，确定自己的方向。

做成一件事有三个要素：天时、地利、人和。具体到企业经营就是我们现在说的市场调研和可行性报告。所谓“谋定而后动”，行动之前不可鲁莽，要充分分析自己的优劣势，并与现实进行比对和论证。

首先说天时，我们都说“时势造英雄”，任何逆历史潮流而动的行为都被证明是螳臂当车，最终被时代大潮裹挟吞没，顺势而为则事半功倍，屹立于时代潮头，历史上的杰出人物多半如此。

其次是地利，任何人都不能脱离环境而存在，主观能动性也受到客观条件的反作用，所以要认清自己周遭的现实，因地制宜，不能将以往的成功经验原封不动地照搬。最典型的比如跨国企业的“本地化”，在发达国家的经验应用于发展中国家未必管用，所以跨国企业多半采用本地人管理当地的分支机构。

最后是人和，俗话说“一个好汉三个帮”，个人英雄主义、单打独斗被诸多事实证明是行不通的，每个成功企业都有若干个志同道合的创业者；包括求职也是一样，这个公司的文化你是否认同，是否能够融入进去，决定了你是否会选择这家公司，或者能否长期安心在这里工作。

如果上述条件以优势居多（十全十美是不可能的），则可以基本决定行动。

2. 一旦决定，尽快列出行动步骤，并勇敢迈出第一步。

俗话说“万事开头难”，在瞬息万变的市场中，良机稍纵即逝，现在看起来是机会的事情，再过一年可能就变成了鸡肋；但越好的机会往往伴随着越大的风险，所以一旦在上一步骤中看准了方向，就不要太过思前想后患得患失，要舍得放掉手中拿着的东西，才能抓住你真正想要的。

为自己的目标制定出一个切实可行的步骤，然后勇敢地迈出第一步，这是成功的一半。国外有调查发现，在某件事情上取得了成功的人中，有

80%都表示当初如果多考虑几天，也许就不会做这件事了，正是因为尽快投入精力干了起来，造成“箭在弦上不得不发”的局面，才变得义无反顾，最终取得成功。

3. 要耐得住寂寞。

领先者往往都是另辟蹊径的，在无路中踏出一条路，在红海中发现蓝海。但这既需要智慧，又需要勇气，很多人受不了这个苦半途而废，只有坚持到最后的人才能看到最美的风景。困难总是难免的，遇到困难不要总是在第一时间怀疑自己的判断，马上就想到掉头或另寻出路，要先审视一下来路，看做的过程中有没有可以改善的地方；发现错误也不要过于沮丧，学会从失败中汲取经验，不要受一点损失就轻易放弃，盲目从众参与到大家都认为所谓“安全”的选择中去。要知道，开创者必然是少数，而真理往往掌握在少数人手中。

4.“认准了，就去做；不跟风，不动摇”不等于“不抬头看路”。

拉着装满货物的大车前进时，人必须低头弯腰，放低重心，尤其是上坡路，抬着头拉车是使不上劲的。抬头挺胸貌似潇洒，但你能拉动多少斤两呢？

这么说绝不是反对抬头看路，但看路不是无目的地左顾右盼，而是在认准目标、选准方向之后，在前进过程中的必要修正。要明白，我们不是空手上路，我们背负着责任和命运，而且还有很多与我们一同赛跑的竞争者。

【解决力自测】

这是很多人的亲身经历，2006年炒股热，2007年炒房热，很多人把所有的家当都投了进去，甚至借钱投资。作为一个创业不久的年轻人，你的公司发展良好，且有买家有意收购，你会选择继续寻找投资并扩大发展，还是把公司卖掉用来炒股、炒房？

专注如一

“无论是企业或个人，都应该专注于自己的领域，并坚持到底。因为人的精力是有限的，企业可利用的资源也是有限的，唯有专注如一，将所有的力量施于一点，才能超越别人，取得持久而非凡的成就。”

【职场价值观】

当一个人确定了理想之后，我们需要不断用这再朴素不过的四个字提醒自己。因为人的精力是有限的，终其一生往往只能做好一件大事，所以，不如像《孙子兵法》所说：我专为一，敌分为十，是以十攻其一也。

日本有句谚语叫做“滚石不生苔”，是指不在一个地方稳定下来而一直四处打转的话，就不会得到现实的收获。初入职场，刚刚从校园相对封闭、单纯的环境中摆脱出来，有机会接触到真正的社会，面前的路也一下子多了起来，难免会觉得眼花缭乱。这种情况下，很容易迷失自己，哪条路都想试一下，在各种选择中摇摆不定。如果再遇上一点儿挫折和困难，更容易忘记前进的方向，与未来的成功失之交臂。

饱览古今中外志士的成功法则，专注都是其中最基础、最不可或缺的元素。“专注如一”、“持之以恒”，这样的道理似乎谁都懂，可真正做到的却少之又少。不能集中精力做一件事情，是很多人在通往成功的路途上不战而败的主要原因。

【李彦宏实践】

百度上市后创造了一批百万富翁——这里面不仅包括百度的员工，甚至还包括一位七十多岁的美国老太太。这位老太太在百度七十多美元一股的时候用自己的退休金买了几千股百度的股票，到现在每股涨到六七百美元还不愿意抛。

这位老太太很少上网，对搜索引擎也不了解，但她为什么这么看好百度，将自己的退休金全用来买百度股票呢？有人问她，她笑眯眯地解释道，一次她在报纸上看到了一篇关于来自中国的百度和其创始人李彦宏的报道，说李彦宏从大学开始就学信息管理专业，毕业后一直从事跟搜索相关的工作直至创业，到现在已经二十多年。“这样的人不可能不成功，钱投到这样的公司没有风险。”老太太说。

互联网是新生的、非常有活力的行业。早年间对年轻的搜索引擎而言，曾有着非常多的诱惑，可能诱使百度偏离执著追求做最好的搜索引擎的目标的航线。2002年左右兴起的互联网无线增值业务、2005年的网络游戏，都是进入就能立即赚到快钱的“网络金矿”，但每每有人跟Robin建议进入这些新兴业务的时候，Robin总是说：“搜索引擎的潜力很大，搜索引擎领域的竞争也很激烈，我们专心把搜索引擎做好就是一个非常不容易实现的目标，为什么要分心做别的事情呢?”

2005年8月，正是由于长久以来的专注如一，百度以中国最大中文搜索引擎的身份在美国纳斯达克成功上市，并开创了美国股市海外股票发行首日股价上涨新的纪录。Robin回到北京，公司召开了盛大的庆功宴。

宴会上，又有人老话重提，问Robin：“百度上市了，我们有钱了，现在应该能做更多的事情了吧?”Robin笑了笑，说：“有一块钱的时候，我会投进搜索里；有一百万，我会投进搜索里；有了一百个亿，我还是会全部投进搜索里去。”

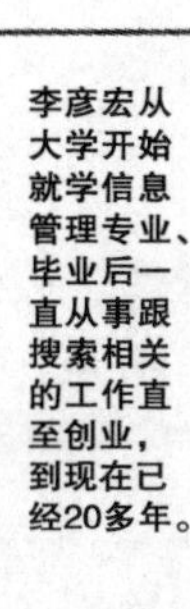

直到今天，公司仍将70%的资源投入跟搜索直接相关的产品和技术研发中，将20%的资源投入跟搜索间接相关的产品和技术中，10%的资源投入其他创新项目研究中。

百度上市后，现在市值已经达到两百亿美元，仍旧把几乎所有的资源都投入到互联网搜索领域。今天，百度一直贯彻的“721”发展战略，从执行方面对Robin的“专注如一”进行了具体诠释，即公司将70%的资源投入跟搜索直接相关的产品和技术研发中，将20%的资源投入跟搜索间接相关的产品和技术中，10%的资源投入其他创新项目研究中。

“专注如一”加上“721”原则，引领着百度在搜索引擎的事业上走得更快、更稳、更远。

【职场真人秀】

Hao123五年如一日的坚守

Hao123，中国互联网的奇迹，它几乎是每个网民遨游互联网海洋的起步港口。奇迹背后，是一份数年如一日的专注。

“陈林，百度收购了hao123以后，希望把它打造成一个更好的网址站产品，你已经有了一年多做网址站的经验，hao123就由你先担任产品经理吧。”2004年10月的一天，leader对陈林这么说。陈林说：“好。”

Hao123的工作在大家眼里感觉是比较枯燥且没有太多技术含量的。一般人都会认为这是一个阶段性的工作，但是谁都没想到，从那一天起陈林就把根扎在了hao123。在这么一个不大的产品线上，到今天陈林已经干了五年多。

刚收购来的hao123已经在全国有了百万级别的用户，网页结构已相对确定，有关系好的同事问陈林：“搜索将来肯定会取代网址站，这往上的发展空间已经非常有限了，你还能做什么呢?”

但是陈林不这么想。已经研究过一年多网址站的他，对网址站有种特殊的感情——他对这位好心的同事说：“中国互联网发展存在地区间的差异，就是我这样一个不懂技术，甚至连网页也不会制作的人，还是可以通过不断地琢磨用户体验，让网址站这类看上去简单得不能再简单的产品，帮助更多人更快速地找到信息。”

于是，陈林每天重复着相似的工作——调研用户的需求、寻找好的网站、评估网站价值。在陈林的努力下，hao123的流量一直稳步增长，大家预期中的天花板被他的努力不断顶高。

在百度的平台上，做出业绩证明了自己的人，leader一般都会给他新的、更大的平台去历练提升，陈林的leader。也不例外，他曾经找到陈林问他是否愿意尝试一些其他从无到有的产品，但是陈林考虑再三还是婉言拒绝了。他说："谢谢你给我的机会，但我想我之所以能把网址站做成功，是因为这么多年来一直在研究它，已经和它融为一体了；我相信hao123的用户体验还能做得更好，所以我还希望继续专注在这块儿来做。一条道走到底，才更接近成功。"

五年弹指一挥间，hao123的页面结构看上去好像没什么变化，但是实质上，每一个细节都在跟用户需求与时俱进。用户数量已经是2004年时的十倍，在国内同领域无人比肩。

这么热门的站点，当然是站长们的必争之地，而面对来自外部的诱惑与公司内同事们的人情，陈林从不动摇，永远是一个铁面包公——一切以公司利益与既定原则为依据，其他都免谈。

每次回老家都会让陈林觉得很自豪——家乡那些网吧里，所有电脑的首页都是hao123。

常青树鲁冠球

在中国商界，被誉为"常青树"者，至今仍唯鲁冠球一人。

西谚有云："狐狸知道很多事情，但是刺猬知道一件大事。"鲁冠球说自己看不懂互联网，不敢造汽车，搞不好房地产，不会做钢铁……那么他真正知道的又是什么？

三十多年前，他从钱塘江畔一个贫穷的村庄起步，带领六个村民，筹集四千元钱，办起了一个铁匠铺，为了躲避"割资本主义尾巴"，挂出了"宁围公社农机厂"的招牌。

1992年，萧山的鲁冠球击败国内所有的万向节专业制造工厂，他的产品拥有全国60%的市场份额。两年后，他的企业在深圳上市，成为中国首家上市的乡镇企业，并独资成立了万向美国公司。今天，昔日的铁匠铺发展成了拥有一百亿资产，实现了跨国经营的大型企业集团——万向集团。

整个20世纪80年代是鲁氏王朝完成迅速积累的最重要十年。在这十年间，鲁冠球集中力量生产汽车万向节，实施“生产专业化，管理现代化”，以后又实现“产品系列化”，使当初只有七个人、四千元资产的小厂一跃成为有数亿元资产的大型企业。

“万向集团是一个相对比较执著也比较独特的中国民营企业，它不是太随意地根据各种机会进行转换，它很坚持。”罗兰·贝格咨询公司中国区总经理朱伟如此评价。

尽管鲁冠球和他的家族一砖一瓦细心构建的万向帝国才初露雏形，但是，万向正在描画的是中国企业发展的另一种轨迹。如果真要说过去七年有什么是不变的话，是鲁冠球如影随形的危机感、胜败亦然的平常心、刻苦谦卑的学习态度和几十年如一日的专注精神。

【最优化法则】

1. 找准方向，确定并分解目标。

只有有意义的事，才是值得专注的，目标明确是专注的前提。这里所说的目标，不只是指宏观的、大而化之的终极目标，对于专注来说，更重要的是将大目标分解，形成一个又一个的阶段性目标。

合理分解的阶段性目标就像独立包装的速食饼干，吃起来并不费力，也很容易看到进度。它既是努力的依据，也是前进的鞭策。目标给了你一个看得着的射击靶，随着阶段性目标的实现，成就感会油然而生。成功就像一场比赛，光有专注的口号还远远不够，最重要的是看得到的终点，以及途中那一个个给我们信心和指引的里程碑。

2. 把80%的时间投入你所专注的事。

有的人会问，我也想专注，可是总会有这样那样的事情跳出来打乱我制订好的计划，小到每天坚持背诵的英文单词，大到几年一次的进修打算，久而久之，专注也就无从谈起了。

3. 培养自己的“专注力”，把坚持转化为习惯。

专注是一种能力，几乎没有谁天生就具备这样的能力，“三心二意”和“见异思迁”似乎更容易做到。你必须清醒地认识到这一点，然后有意识地培养自己的“专注力”。这并不容易，但当刻意的坚持转化成了下意识的习惯，一切便自然而然了起来，就像车子终于行驶到了正确的轨道上，成功已是必然。

4. 不要为眼前利益放弃你的目标。

专注如一的人时常面对多种考验，其中一种考验就是眼前利益。似乎上天总是喜欢通过诱惑来让人们放弃专注。但是眼前的利益终究只是芝麻，专注如一，才有可能收获“西瓜”，最终会有丰厚的报偿。

5. 专注并不是要大家去钻牛角尖，遇事不懂变通。

我们这里推崇的专注，是一种做事情认真执著的精神。然而凡事都有度，一旦过火，天使与魔鬼之间只隔一转念。明确终极目标，树立基本原则，抓大放小，根据当下的具体情况，灵活调整应对策略，保证目标的最终达成，才是真正的专注。

【解决力自测】

做一个时装设计师是你一直以来的梦想，后来你如愿进入了一所服装学院。可惜，毕业应聘时，并没有合适的服装设计岗位可以让你一试身手，倒是有一家服装企业愿意接收你去做销售工作，待遇也不错。这个时候，你是固守自己的梦想，继续饿着肚子寻找机会？还是觉得服装销售也不错，起码也算进入了这个梦寐以求的行业？还有没有更好的办法呢？

你总能
战胜困难

遇到新事物，先看看别人是怎么干的

听多数人的意见，和少数人商量，自己做决定

一个人最重要的能力是判断力

用流程解决共性问题

创新求变

遇到新事物，先看看别人是怎么干的

“‘拿来主义’，是学习的一条捷径。工作中遇到新事物或新的困难时，不妨先看看别人是怎么做的，这可能少走很多弯路，比自己闭门造车效果好得多。”

【职场价值观】

第一次看到这句话时，很多人都会不以为然——看别人是怎么干的，那不是模仿吗？公司要我来是干嘛的？当然应该自己会干了，怎能先看别人怎么干去效仿呢？

再想想，如果真是这个意思，李彦宏怎么会在他的二十九条里专门提出呢？第二次再看这句话，发现了三个字：“新事物”。哦，是指遇到自己从来没接触过的新事物时应该怎么做，不是指自己本已擅长的那些领域。那也不对呀，遇到新事物就只是看别人怎么做，这要求也太简单了点儿吧。

第三次再看这句话，又发现一个字——“先”。这个字可太重要了，它意味着你第一时间应该去做的事，不是去看专业的书籍，不是去向专家请教理论，而是先看看别人做同类事的经历。而且这只是第一步，后面还有很多步骤，但这个第一步，是这句话的重点。

对于自己没有经验的事情，干之前先去搜集行业里其他人的做法，看看他们取胜于何法，跌倒在哪里，让我们能对困难有一个准确的评估，避免犯那些愚蠢的错误。

这是一种学习的心态，一个迅速学习的过程，一种最简单的哲学智慧。如果我们除去运气的因素外，可以说它不是成功的充分条件，而是一个必要条件。

看到这里，我们可能会认为，这句话其实是说出了我们平时经常做的一件事，没什么神奇之处。殊不知，真理往往就藏在那些你认为自己实践得很好，事到临头却常常忘记去做的时候。你在生活中可能会下意识去做的事，在工作中，有时候却会忽略了。

在企业中做事，经常会遇到新的问题。在全新的问题面前，无论怎么做，都多少带点儿冒险的成分，因为你无法准确地衡量结果。那么此时，从别人身上学习经验就显得至关重要，它可以帮你大大降低不可控因素的比例，帮你找到问题的核心，判断出可承担的风险与相应的收益。直到今天，李彦宏仍然在他每一次做决策前用这个方法来帮助自己做判断。

对于一个职场新人来说，进了职场有很多事情是第一次遇到的新事物，那么先向老同事请教，看看他们的做法，看看公司里其他那些新人的做法，都是很有必要的。从别人的经历中，总能找到一些你想要的东西。只有这些真正经历的东西才更具有指导意义，从别人的失败中学到的，哪怕只有一点点，也可以获益良多。

【李彦宏实践】

2006年百度刚刚在纳斯达克上市不久，就成为在美国上市的非国有中国企业中交易额最大的公司。Robin注意到，纳斯达克百强成分股中没有一家中国企业，而这个包含了在纳斯达克上市的100家最大非金融企业的股指，一向被认为是纳斯达克整体表现的“风向标”，是全球最受关注的股票指数之一。

如何让百度进入纳市百强成分股呢？他请当时的CFO Shawn去了解

遇到新事物，先看看别人是怎么干的

面对全新的挑战时，只要你善于从别人的成败中学习经验，总能找到一条新的解决办法。

一下。Shawn了解了评选方法后，发现纳斯达克百强成分股每年选取前一百只流通市值最大的股票（根据纳斯达克自定的指标系统），在12月中旬进行重估并更新。百度符合了该指数的各种苛刻标准，但只有一项标准稍有不足。这就是评选百强成分股时只计算ADR部分（即在美国上市部分的流通市值），未在美国资本市场流通的股票市值不能被计入。如此一来，对来自美国本土以外的上市公司非常不利，因此鲜有进入。

Shawn觉得这件事情很难，与Robin一起商量对策。两人一时都想不到好的办法，Robin对Shawn说："这是一个新的问题，咱们不妨先看看别人是怎么干的。""好，我再去对其他几个进入纳市百强成分股的海外公司的情况进行一下深入的了解，看看他们当初进入时的各方面条件，也许能找到一些可借鉴的思路。"

经过广泛的调查了解，回溯其他海外上市公司进入百强成分股指数的过程，Shawn终于发现其中一个关键因素是选好时机和抓住时机，也就是天时、地利、人和。在反复地分析全球宏观经济和各成分股公司微观的运行情况后，百度胸有成竹地按流程向纳市提交了申请，然后等待时机。

时机终于来了。2007年年底，金融危机开始爆发，美国本土很多行业开始衰退，导致有几只原来是成分股的股票出现明显下滑，而中国经济仍然蓬勃。天时、地利已到，早有准备的Shawn此时正带领着百度投资者关系部的同事对纳斯达克和百度的投资者进行走访，向他们进一步阐述中国经济的影响力和百度对百强成分股指的价值，以翔实的数据分析新业务的发展前景，坚定了美国资本市场对中国公司的信心。本来人气就正旺的百度，更是逆市上涨，一举通过了所有评估标准，取代了业绩下滑的公司，进入了纳市百强成分股指数。

2007年12月14日，百度如愿地成为第一个进入纳斯达克百强成分股指数的中国企业。这件事情证明，面对全新的挑战，只要你善于从别人的成败中学习经验，总能找到一个新的解决办法。

【职场真人秀】

进军海外市场的捷径

2006年年底，百度决定进军日本市场，这也是中国互联网界第一次以技术跨出国门的举动。尽管日本搜索市场有着巨大的潜力和吸引力，但具体应该怎么进入，包括Robin在内，百度任何人都没有过运营日文搜索市场的经验。

“我们可以先考察考察其他公司是怎样进军海外市场的，先看看别人怎么干。”Robin对具体负责日本市场拓展业务的副总裁任旭阳说。接下来大半年时间里，任旭阳就到处结交联想、华为、海尔这些中国最有经验的海外市场拓展方面的负责人，经常向他们取经。

遇到新事物，先看看别人怎么干，不等于跟风。事实上，由于处在不同的行业，公司的等级和规模也不同，联想、华为、海尔很多经验无法被百度借鉴，但有些共同的原则是相通的。比如，海外市场要取得成功，一定要给予当地足够的资源和独立决策的权力，如何正确制定海外市场目标、设定组织架构、在海外市场找到最合适的人才等方面也都很重要。

那段时间，经常可以看到任旭阳一到周末就拖着行李箱往机场赶，问他老出差是否辛苦，他笑着说：“现在比以前好多了，以前取经都要走着去，经历九九八十一难；我现在去取经都可以坐飞机。”

在“遇到新事物，先看看别人怎么干”这个原则的指导下，百度在日本分公司成立之前做了非常扎实的准备工作，令日本业务的发展少走了很多弯路。

一个梯子决定成败

某乳业公司招聘一个市场总监，报名的人很多，经过层层考试，最后只剩三人竞争。在一道道案例题测试不分胜负之后，为了测试谁最有实际操作能力，公司出了一道怪题，让三人到果园里比赛摘水果。

三个人中一个身手敏捷，一个身材高大，一个没什么特别。照常理看来，身手敏捷的和高个子的有可能成功，但最后获胜的竟是那个各方面平平的人。

原来，他们要摘的水果大都在很高的位置，很多都在树梢。高个子尽管可以一伸长手臂就能够到一些果子，但是能够到的数量毕竟有限。身手敏捷的人尽管可以爬树，但树梢的一部分，他就够不着了。

眼看着前两个人都已经摘到了好几个果子，第三个人并没有急着做，而是先看那二人的做法，发现制约效率的问题，他二话不说就往门口跑。他在刚进门时，很热情地和看门老头儿打了招呼，现在他很谦虚地请教老头儿平时他们是怎样摘树梢上的水果的。老头儿笑着指了指远处墙边的梯子，他向老头儿借了梯子和果篮，不紧不忙地爬上去摘起了水果，结果他摘的最多。

最后这间公司雇用了第三个人，原因是他在做事时有正确的方法论，懂得审时度势，善于借助最优的资源高效率达成使命。

【最优化法则】

1. 了解同一领域中的领导者是怎么做的。

现在已经在该领域中成为领导者的肯定有着最丰富的经验，他们也许走过弯路，但现在找到了正确的路子。所以从领导者那里可以迅速学习到的东西是最多的。

为了尽可能多地知道对方具体操作的细节，你可以从网上、书籍、报道等公开资料中去找，这时你通常能找到大致的脉络，甚至很多操作细节，加以分析整理，就能为下一步提供很多有用的思路。

你还可以通过私人网络查找到对方的相关负责人或参与者，然后主动邀约对方，诚恳地求教。

当然，如果这是人家的商业机密，你是问不出的，如果你仍然没有弄清楚人家是怎么做的，还有最后一条途径，即委托咨询机构去做一个针对性的调研。他们有一套很好的数据信息获取机制，通常能给你带来许多其他渠道得不到的情报。

2. 尽可能多地寻找同类事物中的成败经验，为自己形成思路提供依据。

这一点中需要说明的是，对“同类”两字的理解不要太狭义。比如上司让你今天开始负责在某个区域市场上策划一场洗衣粉产品的事件营销，你先去看的不只是其他洗衣粉厂家是怎么做的，还可以看看其他消费品厂家近年在这个区域做过的成功或失败案例，从中了解当地人的喜恶，从而帮你选择一种更能触动他们的形式。

3. 根据当下的形势制定具有创新性的、适合自己的解决办法。

最后要说的是，停留在看别人怎么做的阶段就是模仿，把别人的经验教训当做决策参考就是学习，这两者之间的不同在于，看过别人是怎么做的之后，还要跳出别人已有的模式与传统的思维定势，认真研究产品的特点和目标用户的需求，以及市场环境的变化，运用创新的方法，制定最适合自己的解决方案。

如果你是诸葛亮，周瑜给你出了十天造出十万支雕翎箭的难题，你应该怎么办？其实你还是要先去了解造箭的过程，知道最强的工匠一天最多能造几支，能找到多少这样的工匠，然后才知道这件事情的可行性有多大。知道这条路走不通之后，自然就要另寻奇招了。

【解决力自测】

你去一家大型互联网公司应聘渠道经理，已经通过了首轮面试，在第二次面试中，面试官随手拿出一支笔，问你：“如果我要求你一个月内将这种笔在天津市内销售一万支，你怎么办?”

听多数人的意见，和少数人商量，自己做决定

“决策是一个先民主后集中的过程——理越辩越明，一定要听取最广泛的意见，包括公司内外的一切专家与相关人士，然后与做这件事的核心人员商量，但最终的决定只能自己来做。是所谓谁负责，谁做主。”

【职场价值观】

在组织行为学中，对“管理”有这样一种定义：所谓管理，就是决策。可见决策的重要性。而且，这句话不仅针对企业的管理人员，对普通员工一样有意义。

在职业生涯中，我们每天都要遇到很多事情，解决很多问题，或者说，工作就是不断地解决问题，排除障碍，从而推动我们的事业不断前进的过程。在纷繁复杂的各种现象面前，能够去芜存菁，发现被表象所掩盖的规律，正确做出判断和决定，是非常重要的能力。

决策的方式有很多种，事实证明，“一言堂”的决策方式效率很高，但也可能犯下不可逆转的错误。封建时代这样的事情很多，比如宋高宗杀岳飞，明崇祯杀袁崇焕等；而如果过度“民主”，放任争论，又会让事情永远陷在讨论环节，议而不决，导致错失良机。

实际上，很多企业家都推崇“听多数人的意见，和少数人商量，自己

做决定”这种决策方式，因为它吸取了“民主”和“集中”二者的优点，兼顾了公平和效率。我国的政体采用“民主集中制”也是这个道理。

【李彦宏实践】

2006年的一天中午，Robin约任旭阳一起吃午饭，席间说到百度当时的形势与未来的方向，谈到了国际化时机将要成熟时，Robin忽然问：“你觉得我们现在进军日本如何?”

任旭阳一愣，但听完Robin的分析，他知道，这件事，Robin已经深思熟虑过了，而这些论据和推理也都非常成立，心里颇为认同，但还是问了一句，“这将是百度有史以来最大的投资项目，怎么能保证决策的正确呢?”

Robin说：“这件事要分成三步走。听到的意见越广泛，前期的调研越充分，就离正确决策越近。”所以第一步，就是在6月，Robin和任旭阳一起到日本进行考察，连续拜访了多家日本互联网公司，请教了七八家有成功国际化经验的中国企业。

回国后，任旭阳马不停蹄地整理了调研结果给Robin，非常欣喜地说：“这些调研确实证明了你的推断，出兵日本是百度国际化第一步的最佳落点。”Robin告诉任旭阳，“现在可以走第二步了，咱们分头与公司相关的重要人员商量一下。”

公司内首先成立了由技术、产品部门抽调来的骨干组成的日本项目小组。在小组的讨论中，很多人心存疑虑：“百度不是更懂中文吗，为什么要进军日本呢?”Robin给大家分析了未来五年的形势，并提出了2012年划洋而治的计划，任旭阳则将前期考察走访的情况给大家做了概述，然后引导大家一起讨论进军日本的步骤和细节。

与此同时，Robin与任旭阳已经找到了首席代表的人选——陈海腾。

一天，Robin发邮件给任旭阳，问：“百度进军日本的计划你觉得何时可以正式启动?”

任旭阳有些担心地来找Robin，问：“内部意见对于进军日本似乎还存

听多数人的意见，和少数人商量，自己做决定

首先，听取广泛意见、充分调研，才能接近正确决策。

第二步，分头与公司相关的重要人员商量一下。

与此同时，找到了首席代表人选——陈海腾、

现在正是进军的最佳时机，日本是最适合的第一落点。

对于进军日本存在的意见分歧，你的判断是什么？

我同意你的看法，听了多数人的意见，与少数人商量之后……

决定还要自己来做，因为你才是掌握最全面情况的人。

Baidu百度

百度株式会社

7月的总监会上，Robin宣布了进军日本的计划。日本市场从此成为百度全球化战略打下的第一根桩。

在分歧，怎么办?”

Robin没有回答，而是反问道：“前期听取各方意见后，你的判断是什么?”

任旭阳迅速说：“现在正是走出国际化这一步的最佳时机，虽然一定会面临不少的难题，但日本肯定是最合适的第一落点。”

Robin点点头，“我同意你的看法，听了多数人的意见，与少数人商量之后，决定还是要自己来做，因为你才是掌握最全面情况的人。”

任旭阳如释重负地笑了，“好，我们就在这个月开始启动吧。”

7月的总监会上，Robin宣布了进军日本的计划。年底，百度在日本的办事处便开张了，虽然采取一贯的循序渐进策略，只派了一名首席代表负责前期准备——在日本寻找办公地点和人才，但开弓没有回头箭，日本市场从此成为百度全球化战略打下的第一根桩。

【职场真人秀】

客户端的开会秘籍

伴随着一阵激烈的争论声，会议室里涌出了一群客户端软件部的同事。大家一边走一边感慨：

“今天这会可真长，又要加班了!”说这话的是刚进公司不久的小甄，他本来就在实习期，业务还不熟练，今天的会占用了不少时间，他倍感压力。

“可不是，开了3个小时，我们有9个人，一共就是27个小时!”技术工程师小羽擅长用数据说话。

“这不奇怪，跨部门的大项目都这样，老早就有人总结是‘上班开会，下班干活’——因为上班时人到得齐，所以攒在一起开会，下了班各干各的。”“经验丰富”的小方不以为然。

言者无意，听者有心，听了小方的话，总监王啸警惕起来：今天这个会确实效率不高，而有人已经对此习以为常，说明这种情况普遍存在，却没有引起我们足够的重视。这是很危险的。比如今天这个会，原本是PM和RD（技术人员）的例会，工程师小羽在材料复查时发现了原来的产品设计不尽合理，于是提出重新审核。PM和RD为了评估这个需求，九个人争论了近三个小时，结果彼此谁也没说服谁。这就是刚才小羽算的那个账的来历。

估计RD团队的leader也有同感，他主动提出了改进方案："这样的讨论，虽然大家都有机会表达意见，但是意见越多分歧也越多。我觉得，既然是关于产品需求的问题，就该让PM做决定，我们要尊重专业人士的意见，比如有关设计的问题，就让设计人员做主，要有有关技术的问题，就按我们的意见来。"

"对，我记得Robin说过一句话，'听多数人的意见，和少数人商量，自己做决定'，按这个原则来，我们今天的问题就迎刃而解了，"顿了顿，王啸又说，"小羽说得对，别看平均到每个人不算多，可一算总账，能节省不少时间呢，我们可以利用这个时间做很多事情啊!"

不久，客户端软件部订立了三条特别针对棘手问题的开会准则：

第一，遇到难统一意见的问题，可以先期分头广泛征集意见，然后小范围开会讨论；

第二，如果在二十分钟的讨论里不能达成共识，那就暂停会议，会下分头聊。因为分歧一般就在一两个人之间发生，没有必要把所有人都牵扯进来。

第三，即便最终还有分歧，请项目第一负责人自己拍板。

这个准则试行没多久，大家就发现它果然大大提高了开会的效率，"上班开会，下班干活"的情形明显减少了。渐渐地，别的部门也发现了这个秘籍，纷纷跑来"偷师"，这个准则在百度蔚然成风。

当断不断，反受其乱

SOHO中国董事长潘石屹写过一本书叫《永远不做大多数》，他在里面说了一个创业早期的小故事。那时候SOHO中国处在成长期，潘石屹致力于让公司变得职业化和规范化，公司战略也引入了时髦的"群体决策"。

当时北京的望京地区还相当荒凉，在该区域某地块的竞标意向讨论中，潘石屹用直觉判断，认为那块地很有潜力。但几乎所有人都反对，而且很职业地引用咨询公司的数据或是自己的经验，证明SOHO应该专注于核心商务区的发展，不要把精力浪费在那种“荒凉”地带。老潘没那么强的理论基础，只靠直觉还是说服不了大家，虽然挣扎了很久，但最后只好放弃。

后来的事实大家都知道，老潘的直觉是对的。

老潘最后总结，大家的话不能不听，但主意还是要自己拿，因为权利和义务是对等的，风险和收益也是对等的，既然你是负责人，就要有勇气承担相应的义务和风险。大家的意见是帮你规避风险，但绝不是逃避，当断则断。

【最优化法则】

1. 拿到一件任务后，首先要最广泛地征集意见。

首先，收集。要做出正确的判断，首先要掌握大量的信息。古人说“兼听则明，偏听则暗”，广泛地听取意见会让你最大限度地了解事情的真相，只听一面之词会出现“盲人摸象”式的笑话。尤其在当今社会，全球化大工业生产使企业面貌有了巨大的改变，不要说传统制造业已经形成了若干“世界工厂”，原来认为智力密集型的软件业现在也动辄上万人的规模、牵涉若干国家，任务的复杂度和覆盖面都空前提升，速度和效率也史无前例。在这样多维度的问题空间下，不充分地调研以了解全貌，很容易让结论“跑偏”。所以，必须做专业的、充分的调查研究。

2. 形成初步的几种想法。

其后，筛选、假设。在这个信息爆炸的年代，如何能从大量的信息中筛选出有用的信息至关重要。就好比互联网的海量信息需要搜索引擎，于是我们有了百度；但是百度不能帮我们做完所有事情，从已获取的信息中去伪存真，需要开动我们本身的搜索功能，这需要靠我们平常的专业积累。人们常说“人生关键的路只有几步”，具体到某件事情也是一样，关键点只有几个，看你是否能抓住，这是需要天赋和后天培养共同作用的。

当你获取几个关键点后，可据此作出假设，预设出若干种可能的方案，它们的投入产出大概是什么样的，最突出的风险和收益点又在哪里。

3. 与利益相关者商量讨论。

再其后，初步验证。方案对比古人已经告诉我们一个基本原则：两害相权取其轻，两利相权取其重。但最明白“害”与“利”的是当事人，与他们沟通可能会有事半功倍的收效。这时，可以找与此事关系最为密切的若干人做咨询，认真听取他们的意见，从多个方向对自己的判断做初步验证，并综合权衡。

4. 面对分歧，要从全盘出发独立思考利弊得失，勇敢地做决定。

最后，是做出判断。我们鼓励独立决策。很简单，选项为多，如果决策者仍为多，过多的变量会令决策过程动荡不堪，很容易陷入互相扯皮、来回反复的泥潭，最后耽误了时间，造成错失时机。在之前充分民主的基础上，事件负责人已经对事件有了比别人更为充分的了解，应该能够独立做出最优的决策，因此最后一步鼓励“集中”。事实上，相关心理学研究发现，群体决策的效率和准确率不高，而且往往出现事后“群体不负责”现象。

5. 第二步、第三步才是难点。

这个动作分三步走，任何一个环节出了问题都有可能导致错误的结果。第一步一般应该没什么疑问，但能够做好第二、第三步就不容易了。

有时候因为与少数人商量了，就会不由自主受到影响，按其中某一个或几个人的意见来做决定，尤其是其中存在权威人物的时候。如果事后结果与预期不符，还会很委屈，认为“大家都说他很牛，听他的话没错啊”。这就是没有完全吃透原则。

要记住，我们说的是“与少数人商量”，但“自己做决定”，商量是听取意见，但不是用他的意见代替你自己的，你才是真正对结桌负责的那个人。你们角色和视角的差异决定了彼此是不可互换的，“参谋”再足智多谋也代替不了将领，因为所有的后果都要拍板的人来承担，而不是出主意的人，一定要明确这一点。

【解决力自测】

公司要开年会了，对于年会的形式有两种不同意见，大部分员工希望在海洋馆做游园会，而公司高管希望是联欢晚会的形式，包括CEO本人在内。作为HR部门的执行者，你被领导委派做可行性调查并给出建议，你将如何权衡这两种意见，并给出大家都能接受的方案？

一个人最重要的能力是判断力

“面对快速变化的外部环境和快速发展的产业，如果能及时、准确地把握产业机会，就可能规避风险并快速获得成功，这一切都取决于一个人的判断力。”

【职场价值观】

有一次，百度针对在校大学生求职前的心态进行调查。那次调查中，有这样一个问题：到目前为止，你所取得的成就有多少来源于个人努力？“90%”，“70%”，大学生朋友们给出的答案几乎全部高于50%。

有趣的是，在新中国成立60周年时，一项针对企业家的调查中，很多企业家对这个问题给出的答案最高不超过30%，最常见的答案是在10%~20%之间。个人努力以外的成分是什么？SOHO中国董事长潘石屹给出的答案是“大势”。他觉得“势比人大”，而且“不是一般的大”。被视为“80后财富新贵”的茅侃侃，则有点儿极端地认为，人的成功，99%靠运气，1%靠自己。

不论他们的观点是否正确，可以肯定的是，当我们离开校园，进入职场，与这个社会接触的表面积越来越大，我们无法驾驭的东西就越来越多，比如大势和运气。大势如水，可以载舟，可以覆舟。我们虽无法驾驭，但可以判断它，并采取合理的行动。这种判断力超越了我们身上其他的能力，对我们未来的成就起到决定性作用。

【李彦宏实践】

“你们不让百度做独立搜索引擎，那我也就不干了。”2001年，在时任百度深圳分公司总经理刘计平的办公室，Robin正通过电话参加董事会议，几乎从没发过火的他低沉着声音说。

正是在这次会议上，Robin首次提出百度转型做独立搜索引擎网站、开展竞价排名的计划。然而，令Robin始料不及的是，这个提议遭到股东们的一致反对。

股东们之所以反对，一是因为对搜索行业不是特别熟悉，对竞价排名的商业模式不是特别理解；二是因为虽然Goto.com在付费排名模式上取得了一定的成功，但毕竟刚刚开始，未来可能存在一些不可预知的风险。在全球互联网行业还在遭遇寒冬的大背景下，百度不如稳扎稳打地做好目前的工作，少冒险少犯错误。

更重要的是，当时百度的收入全部来自给门户网站提供搜索技术服务支持。如果百度转做独立的搜索引擎网站，那些门户网站不再与百度合作，百度眼前的收入就没了；而竞价排名模式又不能马上赚钱，百度就只有死路一条。从投资的角度看，股东们的小心谨慎是可以理解的。

这次会议气氛非常紧张，大家争论得很厉害，Robin想尽一切办法去说服投资人，在电话里与董事们沟通了几个小时。以前，大家对Robin的印象是冷静、理智，很少大声说话，但这次在与投资人争论时，他变得前所未有地激动。后来谈到这次“大闹”董事会的经历时，Robin说，当时他觉得公司发展到了一个关键时刻，必须坚持自己的判断和观点。尤其这关乎百度未来发展的大方向、大问题，更是不能马虎。

当然，投资人最终被Robin折服，同意了百度的转型。2001年9月20日，百度正式推出了面向终端用户的搜索引擎网站www.baidu.com，百度竞价排名系统也正式上线，百度中文搜索引擎正式诞生。这是百度发

一个人最重要的能力是判断力

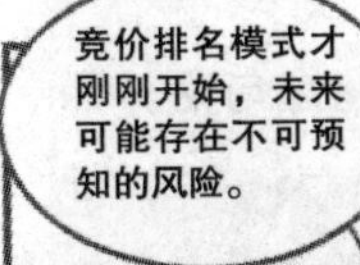

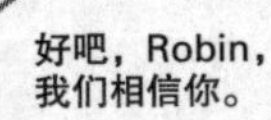

2001年9月20日，百度正式推出了面向终端用户的搜索引擎网站www.baidu.com。

不得不说，百度今天的成功，很大程度上取决于Robin个人的判断力。诚然，互联网充满活力，瞬息万变，唯有具备卓越的判断力，才能把握行业中突如其来的变化和机会。

展史上具有里程碑意义的时刻。从此，百度从“在你成功背后”逐步走到前台，直接为用户提供服务，并迅速成长为全球最大中文搜索引擎。

不得不说，百度今天的成功，很大程度上取决于Robin个人的判断力。

Robin的判断力，固然跟天赋不无关系，但很大程度上也是Robin长期有意识培养和锻炼的结果。在还是美国硅谷的一名工程师的时候，Robin就潜心观察互联网产业动态，将重要的心得记录下来，这些故事后来编辑成了著名的《硅谷商战》一书，总结了美国互联网发展的经验教训，为Robin在中国的创业提供了宝贵的判断和决策依据。

“一个人最重要的能力是判断力。”Robin在多个场合强调这句话，而被他亲自面试过的人都知道，这个CEO问的问题和别的老板不太一样，他给对方出的几乎全部都是判断题。因为互联网充满活力，瞬息万变，唯有在任何一个关键岗位上都找到具备卓越判断力的人才，百度才能以最佳的状态应对行业中突如其来的变化——既抓住机会又少犯错误。

【职场真人秀】

一念之间九百万元

“他们在全世界铺那么大的摊子，恐怕账上早就没有多少钱了，他们欠我们的货款已经拖了两个月了。”电话那边传来带着广东口音的抱怨声，王晨心头一紧：类似的抱怨他已经听到不下五六次，抱怨者的不满和忧虑全部指向那家声名显赫的跨国公司。

这是2008年夏天，王晨刚刚加入百度信控部不到一个月，他的工作就是在风险可控的前提下，利用信用工具帮助公司扩大销售。王晨正在调查的这家跨国公司是百度的客户，前不久，他们向百度信控部提出：因公司发展需要，希望推迟支付九百万元账款。

几天前，王晨接手处理这个case，他很快就决定批准这一申请，理由很简单：这家公司的知名度极高，肯定不会存在资金问题，完全有资格获得更长的回款账期。同时，王晨觉得，如果批准对方的延期付款申请，还有可能与客户结下更紧密的信赖关系，扩大客户的投放力度。

可就在王晨为自己能在短时间内“果断”决策感到自豪时，这个案子却被财务部总监韦方在复审时打了回来。王晨觉得自己好像被迎头泼了一盆冷水，他又委屈又疑惑地找到韦方，想讨个说法。

“你常说我们每个人在自己的岗位上都要有判断力，而我的判断就是，一家如此知名的企业，值得我们以更长的账期、更宽松的付款方式去争取。”王晨想把心头的不解一吐为快。韦方看看王晨，笑了笑，不紧不慢地说道：“既然是这样的一家大公司，为什么会申请推迟付款呢?”

王晨愣了一下，自己的确没有考虑过这个问题。“你难道没有怀疑过吗?你的决定可关系着九百万元应收账款啊。”韦方接着说，“这样规模的公司肯定都明白账期方面的国际惯例，也应该有一套与之完全接轨的财务方案。如今，他们打破常规用公司信誉来换取账期，显然是非常态的行为。这说明，他们很有可能是最近在资金周转上出了问题。如此，对我们来说风险就比较大了，如果再提供更长的回款周期，就会成倍加大我们自身的风险。”

虽然心里暗暗责怪自己没有深想一步，但王晨还是有点儿不服气。他回到自己的工位，二话不说，开始查找这家大公司在中国的供货商，向他们了解这家公司的财务状况。三天之内，王晨通过电话、走访，与这家跨国公司的十余家合作伙伴取得了联系，而他们传达的信息都指向一个非常危险的方向：这家公司的现金流十分紧张，拖欠货款的情况很普遍。

王晨立即上网查询国外媒体对这家公司的报道，他发现这家公司自从2006年起，在全球新增了二十余个新的办事处，而华尔街的主流媒体也曾发表文章，对他们的盲目扩张表示忧虑。

于是，王晨用翔实的论据否决了这个客户的账期要求。虽然客户很不高兴，但小王坚信，财务稳健是第一位的，扩大销售是第二位的。

韦方精准的判断力很快就得到了印证：2008年11月，全球爆发金融危机，这家公司的财务状况果然急剧恶化，发生了很多坏账。

此后，王晨迅速成长起来，他还经常把这个故事讲给部门的其他人听。他说：“我们信控部授予客户的周期虽然只是一个简单的数字，但事实上这个数字背后代表着你的判断力，什么都不能想当然，在每一天的工作中，都要时刻努力培养自己扎实的调研和数据分析能力，才能有越来越准确的判断力啊。”

联想的第一桶金

拥有精准的判断力，往往会在顷刻间让形势发生大逆转。

1985年夏天，北京上演着一场实力悬殊的商业竞争。刚刚创立、不为人知的联想与当时中关村赫赫有名的信通公司争夺中科院五百台进口电脑的验收服务生意。信通早已派人上门洽谈，而且其总经理与科学院装备处处长王永乐早有私交，形势对联想极为不利。

但是联想方面负责这个项目的李勤调查发现，王永乐是一个正直的技术官员。李勤判断，在王永乐心里，服务方的技术实力和人品肯定极为重要，而联想所属的中科院计算所的社会形象恰恰是最高的技术和最老实的工程师。这一判断让李勤看到了希望。

李勤使出混身解数，上下奔走，四处游说，宣传自己的公司和计算所是一家，里面全是当时中国计算机界的精英人物，还做过大型计算机。相比之下，信通公司的很多人来源于供销系统，懂技术的人不多。这一番话果然起到了作用，王永乐亲自调查了解后，知道李勤后面那些人不仅技术可靠，而且人品好。最终，这个大单让联想一下子赚了二十万元，成为联想成立后赚到的第一桶金。

李勤利用判断力让联想逆境制胜。也许世上从没有绝对的成败，每一件事情的成败，其实都取决于你在一瞬间所做出的判断。没有比提高判断力更能让你提高人生成功率的捷径了。

【最优化法则】

1. 条件允许的话，先搜集资料做调查。

如果你不必在极短暂的时间内做出判断，你就可以利用各种可能的渠道，对你要判断的事情进行足够深入的了解。

2. 别被主流思维束缚，保持独立精神和适度的怀疑。

很多时候，主流思维会成为独立判断的最大敌人，一不小心，你本来可能正确的判断就会受到干扰。

当年刘氏兄弟以一千元起步，靠养鹌鹑发家。很多农民见状纷纷跟进，结果鹌鹑过剩，价格大跌。很多人亏本，转行甚至干脆关闭养殖场。公司的决策层也提议见好就收，转做其他产业。

但刘氏兄弟判断，只要将规模继续做大，就能进一步降低成本，反而会成为市场里最有赢利能力的养殖者。他们反其道而行之，在四川建成中国最大的鹌鹑养殖场，很快赚到第一个一千万元。

3. 适当听取别人的意见。

保持独立精神，并不意味着刚愎自用。在做判断和决策的时候，也要做到“听多数人的意见，和少数人商量，自己做决定”。关于这一条，前文已经做了详细的论述。

4. 事事判断，从小事开始锻炼判断力。

形成这样的习惯：每天提醒自己做一次“刻意”的判断。比如，在看到一条新闻时，试着判断一下新闻事件下一步的发展，以及可能的影响。

做判断的事情完全可以信手拈来：看到一部电影上映，试着判断一下它未来的票房；听说一款新手机即将上市，判断一下它可能的售价；看看财经新闻，判断一下明天的股票指数……

但是要记住，判断要有根有据，判断不等于猜测。

然后，记住你的结论，必要的话，用本子记录下来。等到结果揭晓，回头再看自己的结论，并思考得失。

5. 千万别相信判断力是天生的。别认为做判断就等于赌博。

按照前面的方法锻炼自己的判断力，会逐步形成对新事物、新问题的直觉。花旗集团前董事会主席兼CEO桑迪·韦尔明确地说过：直觉是培养的，不是天生的。

“能够大量掌握数据、高效处理信息并有胆识采取果断行动的领导者拥有竞争优势。”桑迪·韦尔说，“不断寻求信息和对事物的深入理解是至关重要的。多年来，我坚持不懈地阅读书籍，向员工寻求建议，并与政府和私人部门的其他领导者建立联系。我的非正常决策方式使我和我的同事能够在看到机遇时迅速行动，而我们的竞争者通常还在犹豫不决。”

判断力不是天生的，而如果把做判断当成是赌博，那结果可能比桑迪·韦尔所说的“犹豫不决”还要糟糕。

【解决力自测】

你的表弟很快就要参加高考，考试的科目有语文、数学、物理、化学、英语、政治，他各科都能保证及格。还有一个月的复习时间，你会建议他怎样安排时间？

用流程
解决共性问题

“世界上没有一劳永逸的事，问题总是千姿百态，层出不穷，但我们永远应该做制造印钞机而非手工打制铜钱的事情。遇到问题，多问几个为什么，找到根源，用系统的解决方案根除它，才可以为组织不断增强免疫力和提升工作效率。”

【职场价值观】

我们都听说过“一流的企业卖标准”这句话。标准是什么？就是当下被人们公认的最佳的流程与规则。如果你能最早地将一件事情流程化，并且这种流程被大家普遍接纳应用后，你的流程就变成了标准。从福特第一个在流水线上生产汽车，到我们每一天应用的千百种程序，人类的发展历史就是一个从手工到机械化，从个案到方法论的形成过程。机会总是存在于那些反复出现却容易被我们忽视的不便利之中，而流程化的解决方案则是让人类解决分歧，不断战胜时间与成本的最佳解决思路。

酒店会为服务员清扫房间的顺序和步骤设计一个标准化流程，以确保服务的质量如一；超市会为自己的供货物流设计精准的流程以尽可能减少库存；即使那些最具个性的行当，抓住灵感并将之实现为满足人们需求的艺术品的过程，也自有它的一定之规。小到一段程序，大到一部法律，我们的生活中充满了流程化的产物。而老板们经常头疼的也是这个“流程”——大多数企业要么流程不健全，要么流程林立互不对接，要么流程冗赘效率低下。但它们仍然都需要更好的流程去解决。

李彦宏说这句话的目的是让我们努力去做一个系统性思维的人，这种思维体现在两方面，一方面是专业性，你要在工作中善于总结共性的问题，用流程系统地将之解决，提升单位时间满足需求的效率；另一方面是协同性，当不同部门合作中遇到一些分歧性的地带时，大家不妨先坐下来从整体出发，分析、综合，理出一套系统解决问题的流程，提升合作的效率。

我们看到，那些全球最具盛名的企业家往往都是极具系统性思维的人。他们具有敏锐的洞察力，可以从纷繁的事物中发现共同性，并以系统的方式去思考和解决。一个用流程解决共性问题的好点子不仅能让你被上司刮目相看，有时也可以让你的企业找到潜在的需求异军突起。

【李彦宏实践】

2004年5月的一天，百度首页出现了一个与某跨国企业合作推进一项公益活动的文字链接，和以往一贯指向内部推广网页的文字链接不同，这次它指向的是合作方官方网站上一个活动的页面。对百度而言，这是一次新尝试。

文字链接上线不到两小时，用户便发现这个页面点不开了。负责此项目的经理小E紧张得出了一身汗，到底哪里出了问题？查明原因，他略微松了口气，问题出在合作方，由于低估了百度带来的点击量，他们的服务器宕机了。小E当机立断，发起下线，暂停推广。

百度首页是Robin最关注的，这里的任何一点变化都需要Robin亲自审批，下线也是一样。

小E在发起下线的邮件里写道：“由于XX公司的服务器负载量不够，链接已经打不开，百度也无能为力，特此申请暂时下线。”

当时，Robin不在公司，但他的回信很快就到了，里面并非如每次正常下线时只有“同意”两个字，而是在“同意下线”后面追加了一个问题：

用流程解决共性问题

找不到网页

2004年5月的一天，百度首页一个与某公司的公益活动的文字链接上线不到两小时，用户便发现点不开了。

怎么了？

上不去了！

马上把这个链接下线！

暂停推广！

由于Robin不在公司，小E发邮件给他报告事件。

已经与合作方沟通，等他们调整好服务器，测试好再上线。

嗯……

我想了解的不是现在怎么办，而是针对这类问题，

你们有没有着手制定一个系统的解决方案。

首页的任何一个链接每一秒的无法点击都会给亿万用户带来不好的体验。

如果这种合作想要继续，这样的问题一定会再出现。

我们应该用流程解决问题，而不是事到临头特事特办。

找到根源，用系统的解决方法根除它，才可以为组织不断增强免疫力和提升工作效率。

“下线以后呢?”

小E狠狠地拍了一下自己的脑袋，很后悔自己邮件写得太着急，没把后续的处理写进去，还让Robin追着问，太shame了，赶紧回信：“已经与对方沟通了，等他们调好服务器，测试好了再发起上线，按原定时间将合作执行完。”他对自己的及时处理还是比较满意的。

没想到，两分钟后，Robin的邮件又来了，这回，不是五个字，而是好几行了：“我想了解的不是这次怎么办，而是针对这类问题，你们有没有着手制定一个系统化的解决方案。我们应该对合作方提出多大的服务器准备要求以最大限度地避免再次发生类似情形，以及如果一旦发生，如何最快地应对?

“首页任何一个链接每一秒钟的无法点击都会给亿万用户带来不好的体验，按流程发起下线需要多人审批，审批过程中又有多少人去点击看到了‘无法访问’? 如果这种合作想要继续，这样的问题一定会再出现，我们应该用流程来解决共性问题，而不是事到临头特事特办。

“请你们好好做一个case studv，系统地评估一下这种合作带来的正负面用户体验、出问题的概率、防范的措施以及应急预案。告诉我如果出问题，最快可以在几秒钟之内发现并解决，这几秒钟会有多少点击受到影响，我们再据此判断这类合作该不该做。”

这番话让小E沉思了很久。后来和别人分享这个案例时小E说出了那一刻的感悟：“那一刻，我忽然明白什么才是作为一个领导者的思维方式。我们只盯着这件事情怎么解决，如何影响最小，而Robin想的是如何系统地解决一类问题，用流程让项目有序进行，将突发状况和人为因素对结果的影响减少到最低限度。”

【职场真人秀】

从十天到十分钟

2006年7月，百度进军日本的计划开始进入实质阶段。

一个崭新的搜索引擎从开始研发到上线，一般都需要好几年的时间，何况还不是母语。但是Robin对负责该项目RD的技术部高级总监崔珊珊下了一个“不尽人情”的上线时间表：“以2007年3月为百度日本网站测试版上线目标，尽快完成前期准备工作。”

军令如山倒，整个日文搜索团队开始了fighting。

首席代表陈海腾到了东京，租机房费了很大的周折，虽然比别人快，但算算还是赶不上计划的deadline。面对空空的机房，他决定带着刚在日本招到的两个工程师自己动手把里头的网线硬件给布起来。干了几天下来，大家发现一台台手工装机，没有规划地反复布线，虽然每天干到天亮，累得筋疲力尽，效率却一点儿也不高，一天也就能装五台出来。

崔珊珊知道以后，觉得问题出在了方法上，便立即从中国派了一组工程师到日本。派去的工程师很快开发出了一套程序，喝杯茶的工夫就可以装五十台机器；装网线的时候，先把所有问题都规划好，一步做完，再也不用返工。这一改进将十天的工作量变成了十分钟，为日本团队抢回了时间。

日本那边在紧张建设的同时，百度总部的对接工作也在抓紧进行。百度日文搜索技术团队利用做中文搜索积累的经验数据，开发出了很多便捷的小工具，系统解决同类问题，只用不到一个月的时间就搞定了从中文切词到日文切词的转变。百度从零开始，到完成二十亿日文网页的索引，只用了六个月的时间。

前人栽树，后人乘凉

吴毅强第一次听说“10分钟内提供数据”头都大了。这怎么可能呢？才到商业分析部不久，他觉得百度真是有些苛刻，因为总能在部门的公共邮箱中看到这样的任务，“昨天的收入好像有问题，10分钟之内告诉我什么地方出了问题”，“有部门要五年以来联盟客户数量增长特点，10分钟之内给他们”。过去在另一家互联网公司的数据处理经验告诉他，10分钟连找数据都不够，更不用谈分析了。

这次果然轮到他了，leader的邮件发过来了：“过去的几个小时内增加了多少次恶意点击？请在10分钟内回复。”小强抓着头皮向一个老同事求助，老同事丢给他一个网址，小强就真的在10分钟内拿出了数据。

原来，那个网址上是这个商业分析部成立以来同事们添砖加瓦逐渐建立起来的一套数据库——businiss intelligence system。商业分析部早期的同事们在工作中发现经常需要重复地统计一些数据用于回复各部门发来的请求，于是建立起来一套以各部门经常产生的需求为分类依据的自动统计归类流程，将数据整齐地保管在这里，分门别类，不断完善，就像一个大图书馆，架构十分清楚。小强需要做的，仅仅是输入需要的字段，各种数据便一目了然。

小强不禁感慨，以前的百度人帮我做了50分钟，所以现在，我只用10分钟就足够了。

一个系统的解决方案能为后来人抢回多么大的时间价值!

【最优化法则】

1. 锻炼系统性思维，发生过两次以上的事情，就要考虑用系统的方法来解决它。

俗话说，事不过三。如果一件事情反复出现，成为提高效率的瓶颈，而你预计它还会再出现的话，这显然就是一件应该用更好的办法一次性解决的事情。如果总是急时抱佛脚用一事一办的方式解决它，你每次都要付出同样的代价。磨刀不误砍柴功，在时间允许的情况下，花一点儿力气为同一类的问题找到一个系统高效的批量解决方法是非常必要的。如果你总能这样去思考和解决问题，也会很快成为上司眼中具有系统性思维的高潜力员工。

2. 全面收集需求，归纳其共性，理出流程步骤，找到系统解决方案。

如果你决定用流程来解决一个问题，就请在设计阶段尽可能全面地收集需求，一方面可以广泛地征集意见，使你制定出的流程让更多人满意，同时也是为了让你开发出来的流程能满足现有和可预见时期内尽量多的需求。最后，这个解决方案最好是具有可延展性的，这样，当新的需求产生的时候，你还可以通过一些简单的调整而改善它，以适应需求的变化。

3. 提出流程开发计划，获得领导批准，请专业人员支持。

我们这里说的发起流程开发计划并不是让每个人都去亲手开发，在大公司里基本都有明确分工，不同的流程化解决方案有不同的部门负责开发。如果没有合适的部门，有时也可以找到外部咨询公司合作。你需要做的是提出需求，并推动它立项，然后再跟进进程。如果你的公司是初创阶段，资金比较紧张，就可以先自己动手做一个实用的1.0版本，以后再推2.0版。

4. 广而告之，使今后所有可能与此类工作相关的同事都了解。

5. 不为了流程而流程。

在这一条的执行中，请谨记不要走火入魔，流程是为了解决问题、满足需求和提升效率而定的，如果你的出发点不是为了提升效率，以标准化更好地满足需求，只是为了有一个流程，完全是从自己的角度出发为什么事都制定流程，一遇到问题就不动脑筋想办法，只想流程，那就成了书呆子，结果肯定也是适得其反的。

【解决力自测】

你在一家大型公司里负责行政工作，一天，你的上司找到你说，最近收到很多员工对公司食堂的投诉，调你去负责处理解决。

你了解到员工投诉的焦点主要有三个方面，一是饭菜质量下降，不好吃；二是价格贵，不实惠；三是品种不够丰富。食堂是外包的，引入了两家相互竞争的餐饮公司。

请列出你解决这一问题的步骤。

创新求变

“勇于创新和灵活应变，是企业持续发展、克敌制胜的原动力。然而随着企业规模的扩大和业务的成熟，多数公司都会自然而然地倾向安于现状、保守行事。因此，如何永葆组织的创新激情与灵活求变精神，成为企业管理者的一项长期任务。”

【职场价值观】

很多知名度极高的创业家和职业经理人都是因为创新的思维和做法而名声大噪的。在这些人身上，似乎总有着耗不光的激情和用不尽的灵感。创新，是让职场中人迅速脱颖而出的捷径，当然，这也是最难走的一条路。

在现代企业当中，创新是竞争力的保证。只有“创新”的员工，才会有“创新”的公司。创新首先要有勇气，也就是我们通常所说的创新精神，不安于现状，敏于发现问题，敢于挑战权威，创新才有动力。

当你在职场度过最初的几个月后，对职场生活以及工作的新鲜感就会消失，而日复一日的辛劳扑面而来，很多人会突然觉得长路漫漫，甚至逐渐对工作心生厌烦。此时，你就站在了创新的分水岭上：一边是从此安于现状，接受并忍耐工作，年复一年平淡地干下去；另一面是用创新打破沉寂，不断让自己的职业生涯冲上一个个浪头。

创新有很多种类型，但无论选择哪种类型的创新，都必须先明确目标，具备“唯实”的风格，即从现实出发，踏踏实实地实现创新之路。唯有如此，创新才不会是冒进，而是健康的新陈代谢过程，才能得到职场上最强有力的竞争力。

其实，每个人身上都蕴涵着创新的能量，关键在于能不能有效挖掘并成功运用。只有积极开发自己的潜力，养成创新的习惯，才能使自己在今后的人生中立于不败之地。

【李彦宏实践】

2009年3月，在出席中国（深圳）IT领袖峰会时，Robin为正遭遇金融危机挑战的中国企业们提出了三大应对策略，其中最为关键的一点，便是“创新求变”。

实际上，这也正是百度多年来在互联网搜索领域持续保持绝对领先优势的“秘诀”所在。

2003年，快速成长的百度进入一个发展瓶颈——虽然当时百度已经可以搜寻高达两亿中文网页上的信息，但从用户请求得到响应的比例来看，还是有太多人的需求得不到满足。

分析之后百度发现，造成这种情况的原因很简单：互联网上中文网页的数量太少，信息量远不能满足搜索者的需求。而在这样一个天然的瓶颈面前，强大的对手也都纷纷放慢了脚步。

面对这个看似无法跨越的鸿沟，Robin却不甘等待。在他看来，这正是一个创新求变、弯道超车的好机会——既然网上现有信息已经无法满足用户的需求，何不让用户制造内容?

这个想法在心里盘旋了许久之后，Robin与刘建国、俞军、郭眈等技术人员展开了讨论。“有没有可能建立一个平台，为每个被搜索的关键词自动生成一个社区，将搜索同一关键词的人聚集到一起，共享出他们与之相关的话题与信息?”Robin问。

“做社区?”俞军问。

创新求变

2003年，快速成长的百度进入一个发展瓶颈——因为互联网上的中文网页数量太少，信息量远不能满足搜索者的需要。

3 2 1 0

2001 2002 2003

按照Robin的想法，经过技术人员的反复调研讨论，2003年12月1日，百度贴吧闪亮问世，并迅速受到用户的广泛好评及追捧。

Baidu百科

如今，贴吧和后来推出的百度知道、百科已经成为百度中文社区的“三驾马车”，为百度带来了巨大信息量与流量。

变化和创新不会很简单地摆在那里，而是需要企业主动拿出选择创新的勇气。这正是百度多年来一直保持绝对领先优势的秘诀所在。

“是搜索+社区——从技术上为每一个用户输入搜索框的关键词自动生成一个社区。让搜索同一关键词的人自然而然地聚到一个社区里，如果网上找不到现成的他所需的信息，用户可以把他自己的需求留下来，同时主动发帖分享自己知道的关于这个关键词的信息。久而久之，这个社区里就能聚集出大量网页上没有的关于这个词的信息，后来的请求就能得到满足了!”Robin的语速明显快于平时，眼睛里闪着亮光。

“这听起来可是与现有的任何社区模式完全不同啊，从技术上来说是一个创举!”两秒钟的沉默后，刘建国兴奋地说。

“这个东西还有一个好处，”Robin接着说，“一旦我们把它做起来，就可以大大增加搜索引擎的转换成本。”

“这个东西能实现吗?”俞军有点儿担心地问郭眈。

“从技术上来说，应该可以实现。”一直沉思不语的郭眈接过话头，“我已经想到了一条路子，今天回去再全面考虑一下。”

这个项目就这样初步设立了。接下来的日子里，按照Robin的想法，俞军和郭眈反复调研讨论，越来越发现这个想法不仅非常可行，而且有很好的用户需求基础，可以为网页搜索带来意想不到的支持，助百度斜刺里杀出重围，打开一片新天地。在这个过程中Robin始终非常关心，不断提供好的建议，贴吧产品很快进入了紧锣密鼓的实质性开发阶级。

2003年12月1日，百度第一款搜索社区产品——百度贴吧闪亮问世，并迅速受到用户的广泛好评及追捧。如今，贴吧和后来推出的百度知道、百度百科，已经成为百度这个全球最大中文社区的“三驾马车”，为百度带来了巨大信息量与流量。

贴吧的推出只是Robin的一个创新的idea，但正是类似创新的想法不断得以实现，才让百度不断保持着竞争优势。大家都知道，保持创新效率，是Robin在百度十年间始终不断提起的一句话。

【职场真人秀】

守旧还是创新?

2004年时百度正处于快速上升期，原有技术架构下的产品每天都在进行着更新升级，与此同时，百度的搜索产品经理也开始着眼于搜索引擎未来的发展方向，希望将目前看来已经非常便捷的搜索体验变得更好。

“对应不同类型的用户需求，自动配置不同的资源”是大家的共识，每个人在进行搜索的时候，即使关键词相同，想要找到的东西却可能是千差万别的——有的想找文章，有的想看网页，还有可能是想找图片、视频或榜单……

这时，一家韩国搜索引擎公司的尝试引起了大家的注意。与搜索引擎垂直分类的传统做法不同，这家公司是将各种资源全部罗列在搜索结果之中，用户可以自己挑选。虽然罗列的结果还不尽如人意，但大家一致认为这种思路很值得借鉴。

百度能不能也这么做：把垂直搜索的结果直接列入搜索列表中，然后针对不同的关键词，把用户最需要的资源显示在最前面呢？就这样，这个创新的构想开始在百度产品部门中萌芽，云丰甚至已经动手写起了文档。但是由于精力有限，而且这个思路对原有技术架构的改变非常大，暂时无法实现。

守旧，还是创新？守旧的做法无疑是最保险的，经历了闪电计划的技术赶超，百度已经有了相当比例的市场份额，各类社区产品也在陆续上线运行，用户数量大增，前景看好，似乎完全没有必要来冒这个险——创新意味着风险，意味着打破眼前稳定的状态，以及可能丧失现有优势的重大责任。

但产品部门的PM们讨论后认为，这个想法一旦实现，将是对百度乃至搜索引擎产业的一次重大创新，可能改写未来的搜索规则，实现让人们最快捷地获取信息、找到所求的企业使命。于是在2005～2006年间，百度产品与技术部门携手，着手在原有的技术框架下做尝试，将百度原有的垂直搜索结果引入了网页检索的结果之中，并实现按需调取。数据反馈显示，用户还是认同这样的尝试的！大家奔走相告，疲惫的脸上露出了欣慰的笑容，也更加坚定了将创新进行到底的信心。虽然还没有一个代号，但这项先进行用户需求识别，再针对需求对搜索结果进行资源匹配优化的新技术在大家共同的努力下有了雏形，一点点成长起来。

2008年年初的一次产品技术委员会扩大会议上，研发部门的小胡再次提起此事，“这个创新的项目如果立项，将是网页搜索自2004年以来投入最大的一个项目，会改变我们整个的技术方向，你们真的认为有这么重要吗?”似乎就在等这句话，云丰立刻跳起来说道：“我认为很重要，我们已经想得非常充分，并且做了大量的工作了。”

听完云丰对这三年来相关工作的总结，技术总监梦秋马上说：“既然这样，那我们不用讨论了，虽然这对于我们现有的技术方向是一次大的改变，但能让用户要什么有什么，无疑会让我们的搜索引擎更接近未来用户的需求。马上立项吧!”

“要什么有什么”，就这样，这个三年来默默耕耘、精心培育的创新项目终于有了个日后如雷贯耳的好名字——阿拉丁。

电扇曾经都是黑色的

日本的东芝电气公司1952年前后曾一度积压了大量的电扇卖不出去，七万多名职工为了打开销路，费尽心机地想了不少办法，依然进展不大。有一天，一个小职员向当时的董事长石坂提出了改变电扇颜色的建议。在当时，全世界的电扇都是黑色的，东芝公司生产的电扇自然也不例外。这个小职员建议把黑色改为彩色。这一建议引起了石坂董事长的重视。经过研究，公司采纳了这个建议。第二年夏天东芝公司推出了一批浅蓝色电扇，大受顾客欢迎，市场上还掀起了一阵抢购热潮，几个月之内就卖出了几十万台。从此以后，在日本，以及在全世界，电扇就不再都是一副统一的黑色面孔了。

只是改变了一下颜色，大量积压滞销的电扇，几个月之内就销售了几十万台。这一改变颜色的设想，效益竟如此巨大。而提出它，既不需要有渊博的科技知识，也不需要有丰富的商业经验，为什么东芝公司其他的几万名职工就没人想到、没人提出来？为什么日本以及其他国家的成千上万的电器公司，以前都没人想到、没人提出来？这显然是因为——自有电扇以来，电扇就是黑色的。

虽然谁也没有规定过电扇必须是黑色的，而彼此仿效，代代相袭，渐渐地就形成了一种惯例、一种传统。这样的惯例、常规、传统，反映在人们的头脑中，便形成一种心理定势、思维定势。时间越长，这种定势对人们的创新思维的束缚力就越强，要摆脱它的束缚也就越困难，越需要做出更大的努力。东芝公司这位小职员提出的建议，正是从创新求变的角度出发，勇于突破思维定势，就这样，小点子获得了大成功。

【最优化法则】

1. 强迫自己创新。

最初，你需要强制自己换一种角度和思维模式看待已经完成的工作。这一步可以用一种类似自我训练和实验的办法展开：每当完成一项工作任务之后，就给自己一些时间，思考出至少两种另外的解决办法。注意，不是小修小补的改进办法，而是彻底不同的操作办法。

然后，拿着你想到的两种办法，通过身边的人的意见，判断自己的创新想法有无可行性，利弊是什么。

2. 细致观察，勤于思考，从目标出发寻找创新的灵感。

有的时候我们会觉得，好的创新点子可遇不可求，什么时候出现没有一定之规，如果抓住了，幸运的成分要更大一些。其实不然，创新不仅需要智慧和灵感，更需要日积月累、厚积薄发。

在你抱怨一件事情没有突破，想不出创新办法的时候，可以从自身下手，先检视一下自己是否足够沉浸其中，当你全情投入之时，也许好点子就会如约一个个地蹦出来。

3. 执行工作时，善于与别人交流，头脑风暴激荡出新的火花。

当一个人冥思苦想仍然缺乏灵感之时，可以试着把自己的问题讲给周围的同学和朋友，请他们来当你的军师。一场头脑风暴所能激发出的能量，可能会远远超出你的想象。也许创新之门，就在七嘴八舌间向你敞开。

4. 有勇气打破常规，不唯上，不唯书。

有了创新的点子还不够，很多好点子最终没有收获预期的结果，往往是因为缺乏创新的勇气。中国有名古话，常有所疑，这是创新的开端；而勇于破疑，则是创新的动力。这也是创新过程中很重要的一环。

当今国际社会是一个飞速发展的时代，创新精神显得尤为重要，然而创新的过程往往充满了挑战，不仅需要打破常规，也需要挑战权威。这种时候，坚定的信念和无畏的勇气是创新成功的关键，也是推动事物乃至历史前行的力量。

5. 创新不一定就是标新立异，更不是异想天开。

创新与异想天开之间的区别就在于是否以终为始，目标驱动。最常见的例子是，挑战普世价值观，与公认的观点对着来，看似与众不同，也很容易吸引眼球。可是，这里所谓的颠覆和叛逆，其实哗众取宠的成分居多。

为了创新而创新是另一种常见的误区。对于百度来说，创新是为了满足用户的需求，对于职场人士来说，创新是为了更快、更好地达成工作目标。为了创新而创新就像空中楼阁一般危险，很容易由于盲目导致激进，造成项目或事业大厦的坍塌。

【解决力自测】

随着全国各高校的不断扩招，上大学已经不再是从前意义上的千军万马过独木桥，争得头破血流的壮烈之举，与此同时，就业也成了莘莘学子们毕业时必将面对的又一难关。如果你很想留在某座城市，却一直没有找到理想的公司，应聘到合适的职位，你该如何运用创新的心态及行为来解决这一困境?

总是比
别人好一点点

少许诺，多兑现

把事情做到极致

迅速迭代，越变越美

保持学习心态

少许诺，多兑现

“在对别人做出承诺的时候，一定要求实，讲真话，做得到再说。如果在承诺与交付的结合处画一条水平线的话，那么我们对别人做出的承诺应该低于这道线，而交付给人的结果则要高出这道线。因为做到的，永远比豪言壮语更有力量。”

【职场价值观】

这一条并不是技巧，而是原则。它将帮助你在职场上左右逢源，迅速受到青睐，成为可靠的员工、可信的合作伙伴、有威信的领导。就像银行有个人信用档案一样，能否兑现承诺，也将被记录在你无形的职场信用档案之中。这份信用档案决定着你在多大程度上受到领导的认可和同事的信任。

人们从来不会因为你谨慎承诺而觉得你无能，倒是很容易因为你说了不做，或者做不到而觉得你不可信。有一次让人觉得不可信，恐怕再做十件让人觉得可信的事情都难以挽回。职场生涯其实就是与人协作的生涯，人们是否愿意将重要的事情托付给你，是否愿意与你协作，完全取决于你是否常常能准时、高质量地完成他人的嘱托。

初入职场，你难免担心自己“人微言轻”，所以可能喜欢以不假思索的承诺让别人相信你是一个有能力的人。但事实上，所有承诺在兑现以前都不会被人们重视。李嘉诚说：“做不到的，宁可不说。”即便是在仔细评估之后拒绝别人，也比轻率承诺、最后失约要好得多。

【李彦宏实践】

1999年冬，深夜，北大资源宾馆，Robin正带着几个工程师赶项目。手机骤然响起，一位美国投资人打来电话。寒喧几句后，对方突然问：“Robin，这个项目要多久可以完成?”

“六个月。”Robin回答。

对方停顿了一会儿，似乎对这个回答不是很满意，接着又问：“四个月行吗？如果可以，我们给你追加50%的投资。”

刚创业，公司需要很多资金来购买设备、找到最优秀的人才，有了更多的投资，能多做很多事，但Robin拒绝了：“对不起，我们做不了。”

他的理由是：推出一个有把握的产品，时间是六个月，减少两个月，不是没有可能做出来，但质量会打折，他不能冒险。

对方是几分钟的沉默，突然，一阵开怀大笑，他对Robin说：“对您诚实的拒绝，我感到非常满意，因为这反映出您是一个很真实和稳重的人，把钱投给您这样的人，我们很放心。”

事实证明了这位投资人的判断——由于诚实守信、质量可靠，百度在短短三年之内，从一个小网络公司成长为全球最大的中文搜索引擎公司。随着百度的上市和迅猛发展，短短几年，这位投资人的投资获得了上千倍的回报，创下了全球私募基金在亚洲有史以来投资回报的最高纪录。

《史记·季布栾列传》云：“得黄金百斤，不如得季布一诺。”现在，Robin给出了最新注脚。

少许诺，多兑现

少许诺，多兑现

under promise,over deliver

是我做人的原则之一。

【职场真人秀】

“凡答应，必做到。”

杨林是百度商业应用产品市场部一个刚入职不久的PM（产品经理），他所负责的工作需要与老百度人王璞接口。他注意到，王璞发出的每封邮件的最后，总会附着这样一句签名：“凡答应，必做到”。他觉得这句话真棒，不由得也对王璞肃然起敬，决心将“凡答应，必做到”也作为自己的座右铭去努力实现。

可是慢慢地，杨林开始感到力不从心起来。PM是一个联系各部门、每天要与许多人产生内部供需关系的枢纽。随着工作的逐渐深入，他感到自己越来越累，为了兑现所有承诺，耗尽了全部精力，最后弄得什么事情都做不完美，整天疲于奔命还处处难以让人满意。

这天，杨林做的一个产品MRD（设计图）又被打回来重做，他的心情简直跌到了谷底，逮到一个机会赶紧向王璞请教：“这句话，您是怎么做到的啊?”

王璞听杨林诉说完他的苦恼就笑了，“‘凡答应，必做到’这句话是承诺看到的人，也是提醒我自己要对答应的事情负责到底，所以千万不要说大话轻易承诺别人。你的问题正是出在‘凡’这个字上面，‘凡’并不是要对所有事情都一味地答应、承诺，而只对你认为必须做到，自己也有能力做到的事才答应。”说到这里，王璞好像突然想起什么，“对了，我这句话来自于Robirl说过的一句‘少许诺，多兑现’，这下你明白了吧？如果在一个时间段里承诺完成多项工作，或是超出个人的能力去随意承诺，你就算有三头六臂也完不成啊。所以说，要分三步走——先做判断，再谨慎承诺，最后才是全力完成。”

杨林恍然大悟。此后，在工作中每遇到一件事，他都去仔细思考，培养自己的判断力，分清工作的轻重缓急，抓住重点，合理排期，既勇于做出承诺，也懂得如何说不。不到半年，工作走上了正轨，每件承诺下来的事他都非常出色地按时交付，不仅自己的工作业绩明显，也得到了所有合作部门的同事的肯定的评价。

现在，一提到杨林，大家都说："这是个很靠谱儿的同学。"

让顾客感叹"哇"

华裔美籍创业家谢家华就是依靠"少许诺，多兑现"的精神，让自己创立的zappos.com走出低谷，并最终成为美国最大的网上鞋店。

谢家华是zappos的创始人之一，也是投资人、CEO。1999年他创立这家公司时，很多鞋业制造商都只愿意把季末清仓的尾货甩给他们，由于货品不足，有1/10的订单最终无法履行，顾客很不满意。

"那时候我们每天都想着可能破产。"谢家华说。为了扩大商品种类，谢家华冒险贷款600万美元建立自己的仓库。有了库存之后，尽管成本大幅提升，但对于每笔订单都能及时响应，顾客开始有了积极的反馈。"是顾客教我如何做生意。"谢家华说。

他从低谷中学到的真谛，就是"少许诺，多兑现"。当所有同类网店的送货周期均为5～7天时，谢家华评估了zappos的物流体系，向顾客承诺4天送达。同时，他斥资调整仓库布局，把仓储中心搬到UPS的机场旁边，终于使zappos做到次日送达。顾客们还会收到zappos的邮件："您好，您的送货方式已经被免费升级为隔天到达的航空快递，因为您是我们宝贵的客户。"谢家华说，他希望以超越顾客期望的方式，让顾客感叹"哇"。

紧接着，zappos承诺"鞋子合适就穿，不合适就换"。为此，他们给每款鞋都拍了不同角度的8张照片，而他们一共有5.8万个款式。他们推出了免费退换货服务，而且顾客可以延迟90天付款，虽然有1/4的鞋被退回来，但极大地提升了顾客满意度。

如今，大约每30个美国人中就有一个在zappos.com上买鞋。2008年其销售额就超过10亿美元，由于在鞋类网购领域把亚马逊打得难以还手，后者不得已于2009年斥资约8.47亿美元收购zappos.com，这也是亚马逊公司史上最大规模的收购。

谢家华开网店靠的是对顾客"少许诺，多兑现"，而在职场中，你的同事和上司，同样是你的顾客。"少许诺，多兑现"会让你如同谢家华赢得顾客一般，赢得他们的信赖。

【最优化法则】

1. 问清需求，精算时间。

当接到上司的任务或同事的委托时，第一时间了解他们的实际需求，并客观估计任务难度，考虑各种变化因素，计算自己完成任务所需的时间。

2. 绝不承诺自己做不到的事情。

在自己不可能完成的情况下，不要害怕拒绝。因为你一旦勉强答应，拖延工期甚至无法完成，就会让对方遭受损失，这样的结果比拒绝对方糟糕得多。

3. 如果承诺，就要实事求是地主动告知交付时间和工作结果的质量。

切忌夸大，如实地告知对方你所需要的时间，以及在这段时间内工作结果能达到什么样的质量水准。

4. 务必在承诺时间之前交付成果。

5. 尽可能完成得再快点儿，再好点儿。

不论是上司布置的任务，还是同事交托的业务，或者是朋友委托帮忙的事情，都当成自己最重要的事去完成，不放过任何提高完成质量的可能性和努力。

6. 如果确实无法避免延迟。延迟多久就要提前多久告知。

现实中存在诸多影响工作达成的因素和变数，如果的确尽最大努力也无法如期完成，必须坦率地告知对方，而且预计延迟多久，就要提前多久通报。

7. “少许诺，多兑现”不意味着耍小聪明、有所保留、不尽全力。

我们能不能在估计出完成工作的时间和质量水准之后，给自己留出余地，给对方承诺得晚一点儿，质量水准低一点儿呢?

不能。“少许诺，多兑现”绝不意味着耍小聪明、有所保留，不尽全力。如果仅仅为了减轻自己的压力，让自己信守承诺，就在承诺的时候降低标准，拉长周期，必然给上司和同事留下“不实在”的印象，同样无法获得他人的信任。

“少许诺”是让我们谨慎地做出承诺，不夸海口。“多兑现”，是说给出让人感到惊喜的工作结果。我们必须在客观估计情况后，给出承诺，并且在承诺期限之内，努力超越自己所能做到的最好水平，交付结果。

【解决力自测】

你在一家饮料公司做研发。通过在业余时间加班加点的刻苦钻研，你开发出了一种新口味的配方，小范围的市场调研证明这个产品再改进一点儿会非常受欢迎。你兴奋地将这些汇报给上司，并提出一个有望三个月后可上市的后期开发计划。没想到，上司与行销等部门开会讨论之后，拍着你的肩膀兴奋地说：“公司非常看好这个产品，为了抢在竞争对手前面上这个新品，你务必想一切办法完成研发，让它在一个月内上市。后期推广和渠道方面的工作也将同步开始，就看你的了!”

这时，你该怎么办?

把事情做到极致

“一家公司想要成为市场上的领导者，首先要有领导者的心态，那就是要坚信你做这件事能比所有人都做得好很多。在这种心态下，把每件事情都做到极致，最终你就能成为领导者。”

【职场价值观】

所谓极致，就是一件工作结果被交付时，无限接近了性价比最高的那个点。这是一种我们需要终其一生去追求，却永远也不认为自己已经达到的境界。

为什么同一家公司的同事，工作能力和学历相差不多，有的人却能渐渐脱颖而出，成为领导眼中的好员工和“办公室的明星”？有调查表明，把事情做到极致是这些脱颖而出者的最主要特质之一。

这种特质来自于他们内心的自我驱动——不是把每个任务当工作，而是把每个任务当机会，通过每一次的机会来锤炼和提升自己的能力。这种特质的表现，就是他们能在开始动手之前先想一想，用什么方法可以做得更快、更好。在完成工作的时候，不急着收工，而是再审视一遍——还能不能让结果再有点滴的提升？

我们经常听到有人说，“这件事情我已经尽力了”。既然尽力了，自然别人也不愿再苛责，但是你说出这句话时，其实也在承认“我无法做得更好了”。如果你能保持把事情做到极致的心态，在你的眼里就永远没有极致，自然而然地会从多个角度，想尽各种方法，去努力把一件事做到更好。

哲学上有“从量变到质变”的说法，工作也一样，每次高出的这么一小步，既是对自己能力的提升，也是个人品牌的一次累积，到最后，将汇聚成为超越他人的一大步。

【李彦宏实践】

当有部门在汇报项目进展时说“我们这个产品比上一个版本好了多少”的时候，Robin总是要问一句，“你这个产品做得是不是比市场上所有的竞争产品都要好，而且明显地好?”Robin的言下之意，就是你有没有把事情做到极致。

“闪电计划”是百度将事情做到极致的一个典范。2001年年底的中国互联网正经历泡沫破灭的阵痛。当时还只是搜索引擎服务提供商的百度也面临客户拖延付款的财务困境。Robin思考良久，2002年春节的鞭炮声未息，他便亲自挂帅，发动“闪电计划”。他以一如既往的平静口吻告诉工程师们，“我们这个小组要在短时间里全面提升技术指标，特别是在一些中文搜索的关键指标上要超越市场第一位的竞争对手。”

那时，百度与市场第一名的规模相差几十倍，而当时百度产品技术团队只有十五个人，要做出对手八百个人做出的产品，这样的超越谈何容易？工程师们唯有日夜无休地开发程序、闭关苦修。

在最困难的时刻，Robin为大伙打气，“我们必须做出最好的中文搜索引擎，才能活下去，而且活得比谁都好。你们现在很恨我，但将来你们一定会爱我。”

正是这次只有十五个人参与的闪电行动，用了九个月时间，抢占了用户体验的至高点，一举奠定百度在中文搜索领域的龙头地位。从此，百度的市场占有率节节攀升，路越走越宽。

2009年的百度，已经拥有7000员工，占据76%的市场份额。在一

把事情做到极致

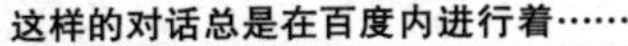
这样的对话总是在百度内进行着……

我们这个产品比上一个版本好很多……
那是不是比市场上所有的竞争产品都要好?

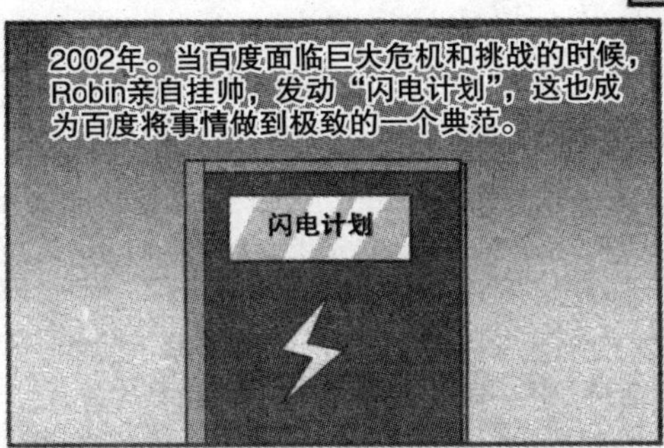
2002年。当百度面临巨大危机和挑战的时候，Robin亲自挂帅，发动“闪电计划”，这也成为百度将事情做到极致的一个典范。
闪电计划

我们要在最短时间里全面提升技术指标，特别是要超越市场第一位的竞争对手。

怎么可能做得到？！
我们只有十五个人，对方有八百个人！

我们必须做到，才能活下去！而且活得比谁都好!
你们现在很恨我，但将来你们一定会爱我!

工程师们开始日夜无休地开发程序、闭关苦修。
结果，正是这次闪电行动，奠定了百度在中文搜索领域的龙头地位。

我们做事要best of the best，把每件事做到极致，做得比别人更好。

次战略沟通会上，Robin通过网上直播再次向全体百度人重申："我们做事必须有领导者的心态，要best of the best，把每件事做到极致，做得比别人都更好——不是好一点儿，而是好很多。"

在他的心里，这个极致是永无止境的。

【职场真人秀】

"哪儿来的提升空间呢?"

李硕一进入百度就加入了"视频搜索"（video.baidu.com）的技术团队。对这点，他一直特别自豪，因为——自从视频搜索上线以来，就一路高奏凯歌，仅仅一年的时间，便成为在国内遥遥领先的"视频搜索"。虽然成了第一名是个好事，李硕却也仿佛有点儿失去了目标，倒是怀念起以前赶超别人时的兴奋劲儿了。

这天，李硕又主导完成了一次产品的技术升级，他心里暗暗感叹，这回真的是"独孤求败"了，各项升级也到头儿了吧，只能告一段落了……

过了没多久，在一次部门的例会上，leader对他说："小李，视频搜索的死链率还能不能更低一些?"

"可是我们的产品已经是国内第一了呀，"李硕脱口而出，他皱起眉头问，"哪儿来的提升空间呢?"

"Best of the best，国内第一并不意味着最好，我相信还有提升空间。"leader表情坚定地鼓励他，"再做一次调研看看吧。"

李硕觉得leader有点儿走火入魔，要不就是看自己最近不忙，吹毛求疵吧。虽然不是很情愿，但他还是认真地做了个调研，出来的结果让他大跌眼镜——死链率指标，居然真的还可以有不小的下降空间。

李硕服气了，也觉得又有干劲儿了，他开始主导新一轮针对死链率的技术升级。在这一次的升级后，视频搜索的性能比之前又提升了整整一倍!

过了几天，大家发现李硕的座位上多了一张纸——原来，他把"哪儿来的提升空间"这句话打印了出来，还画了个醒目的红叉，贴在自己的座位上，时刻提醒自己——不要再问这样愚蠢的问题了。

不起眼的一滴油

多年前，有一位雄心勃勃却又郁郁不得志的美国小伙子，进入了当时方兴未艾的石油行业，却天天重复着一份简单枯燥的工作。

日复一日的机械重复终于磨灭了他的耐心，他向他的主管提出要换岗位，但是主管冷冷地说："你要么好好干，要么另谋出路。"

那一瞬间，他涨红了脸，真想立即辞职不干了，又苦于找不到其他工作，只能忍气吞声地回来。但是那一刻，他灵光一现问了自己一个最重要的问题——我不是自认能力很强么？我该怎么在这平凡的岗位证明自己的优秀呢?

于是，他仔细研究了自己的工作，他一遍遍问自己"还有哪里可以做得更好"。在无数次的思考后他发现，有一道工序，每次都要花三十九滴油，有没有办法减少几滴呢？那样的话，对整个公司来说，省下的可就是个天文数字了。但是老师傅们摇摇头告诉他："这已经是千锤百炼后的结果，别说几滴，就是少一滴也不可能了。"

但小伙子不服气，他开始了兴致勃勃的试验。终于，他发明了一种只需三十八滴油就可使用的机器，并将这一发明推荐给了公司。

公司无法不对这个年轻人刮目相看，这一滴油，能给公司节省上万美元的成本。而在过去所有人的眼里，它的价值都被忽略了。

这个拥有着追求极致精神的年轻人，就是洛克菲勒。后来，他成为了美国最有名的石油大王。

【最优化法则】

1. 时刻提醒自己，要有精品意识。

成功的人绝对不会以平庸的表现自满，而且他们不管做什么事情，必然都会全力以赴、追求完美。在觉得工作索然无味的时候，在觉得无所突破的时候，你就该问问自己，还能不能做得更好？你会发现，总有再提升的空间。

2. 重视细节。

公司内历来有重视细节的传统，比如“细节决定成败”“魔鬼在于细节”等说法。事实上，这些话的本质——细节是最能看出员工是否有追求极致精神的地方。

因此，不要忽视细节，每个细节上都比别人做得好，综合起来你完成的就是一个卓而不群、比别人好很多的东西。就像水一样，九十九度是水，加一度，就成了气。累积“小赢”，“小赢”是项大红利。

3. 扼杀自己的得过且过心理。

当领导皱着眉头说“这次就这样吧”的时候，你不要自欺欺人了，是的，领导就是对你这次的工作成果不那么满意。如果你抱着把事情做到极致的心态，就不应该得过且过，而是现在就坐下来，把这次的成果再精益求精，给领导一个惊喜。

4. 极致不仅是细节的完美，更是一种领导者的心态。

微观的极致，指的是平时工作中一城一池的得失，而宏观的极致，指的是整个人生都要有一种“我要比别人更好”的领导者心态，是所谓“志当存高远”。只有有着更高的眼界和抱负，有一种“舍我其谁”的霸气，才能抛弃自暴自弃，驱动自己每天不断进步。

5. 极致是一个大概念，一个平衡点。

有人经常会钻进极致的误区，在有限的时间里，如果你手头有十件工作，如何才能让每一件都做到极限？如果你把这些时间都用在做一件事情上的话，即使这一件事做到了120分，其他的九件得0分，总分还只是120分。没有大局观、失去了平衡之美的极致，就成了偏执狂的专利。

所以，我们这里所说的极致是指你完成工作的总体效果的极致，即你能合理分清这些工作的主次级别，将时间和精力最合理地分配在这些任务之上，使最终的结果达到性价比最高的那个平衡点。

如果面临的就是个只需要10分钟进行快速处理的工作，那你就不应该投入30分钟的精力，而是应该力求在这10分钟里以最科学的方法将它做到极致。如果你是报社记者，为了把一篇稿子写得更漂亮，结果错过了第一时间抢新闻的发稿时机，就肯定不是极致了，但如果你没赶上那个时机，却深度挖掘，写出了一篇观点深刻的独家报道，则也是成就了另一种极致。

“好钢用在刀刃上”，要追求的，是最有价值的极致。

【解决力自测】

假如你是一家网络调查机构的职员，这天，领导布置给你的任务是组织完成一份上一季度化妆品行业消费者偏好调查报告，你会怎样列出你的行动计划？构思一份什么样的报告？

迅速迭代，越变越美

“在飞速发展的互联网行业里，产品是以用户为导向在随时演进的。因此，在推出一个产品之后要迅速收集用户需求进行产品的迭代——在演进的过程中注入用户需求的基因，完成快速的升级换代裂变成长，才能让你的用户体验保持在最高水平。不要闭门造车以图一步到位，否则你的研发速度永远也赶不上需求的变化。”

【职场价值观】

为什么要迅速？因为竞争越来越激烈，市场的机会稍纵即逝，一旦你发现了市场的空隙，对手们可能也发现了，会很快跟上，所以容不得你做出最完美的东西再推出来。但是如果你的产品不完美，你也会很快失去用户的信任，这两者的矛盾如何解决？谜底就在迭代二字上。企业越来越需要能敏锐抓住市场需求，让产品更快占领市场，并且能保持激情，不断快速推出新一代产品的员工，他们必须既有爆发性，又有不断改进保持领先的耐力。1.0上市还来不及庆功，马上要开发2.0、3.0、4.0……的升级产品，千万不要有享受成就的念头，要随着需求与技术潮流的变化让你开发出来的产品不断进化，才能永远比别人早一步，好一点儿。

我们发现，不少职场新人完成工作任务的办法与在学校写论文非常相似：埋头苦干、闭门造车，想一口气做出精品，惊艳亮相。但是这样的思维却很难适应企业的需要，为什么呢？

在市场竞争激烈、用户需求不断升级的今天，企业要想持续站稳市场，就要不断推出满足市场需求的产品。像推崇“fast fashion”理念的西班牙服装品牌ZARA，对产品的更新速度令时装业惊叹：平均30天左右就推出1000样新款产品，各店面在几个星期内就要完成一次货品的更换。而伴随大量产品的快速更新，企业也能收集到更大规模的用户反馈，有了这些宝贵的用户意见，企业又能再快速地推出消费者更喜爱的产品，并形成良性循环。

员工需要与企业保持同步的更新心态和速度。在工作时，眼光一定要盯紧用户需求，用一种小步快走的方式进行——不怕犯错，但不要在错误的路上走得太远；而判断一个想法对错的唯一标准是用户的满意度。所以，每一步小小的改造之后，要立即让用户给你的创新打分，让他们告诉你下一步的方向，然后迅速调整、继续前行。

一味埋头苦干往往容易忽略用户需求。很可能当你经过几个月的努力，心满意足觉得大功告成时，市场早已风云变幻：产品有了更新的功能要求，技术的标准变得更高，客户也有了更多的选择，自己的成果业已过时。到时候再后悔没有跟进市场，迅速迭代，就于事无补了。

【李彦宏实践】

2000年，百度完成了第一版的搜索引擎，功能已经很强大，超过市面上的其他搜索服务。但是从纯技术的角度来看，第一版搜索程序或许还存在一些提升的空间。开发人员一贯秉承软件工程师的严谨作风，对把这版搜索引擎推向市场有些犹豫，总是想做得再完善一点儿，然后再推出产品。

当时，对是否立刻将这款并不完美的产品推向市场，百度的几位创始人也仁者见仁，智者见智，大家的意见很不统一。最后，还是Robin来下

迅速迭代，越变越美

2000年

现在想起来，如果秉承完美之后再推出的心态，百度可能永远也不会推出自己的搜索引擎。

因为用户的需求日新月异，永远都没有最好，只有更好。

用户是最好的指南针，要迅速让产品去感应用户需求，从而一刻不停地升级进化，推陈出新。
这才是保持领先的捷径。

结论了。“你怎么知道如何把这个产品设计成最好的呢？只有让用户尽快去用它。既然大家对这版产品有信心，在基本的产品功能上我们有竞争优势，就应该抓住时机尽快将产品推向市场，真正完善它的人将是用户。他们会告诉你喜欢哪里、不喜欢哪里，知道了他们的想法，我们就迅速改，改了一百次之后，肯定就是一个非常好的产品了。”Robin说，“所以，这个过程中不怕错走弯路，但重要的是快速迭代，早一天面对用户就意味着离正确的结果更近一步。”

上线后，百度的新产品果然受到用户的普遍欢迎。当然，从后台观察上百万用户的使用习惯与应用方式，也让大家更清楚了用户需求，从而明确了改进的方向。技术部集中力量进行了一轮又一轮的攻关改进，一周之内，功能已经进行了上百次更新，而这种优化从此便延续下来，直至今日。

现在想起来，如果秉承完美之后再推出的心态，百度可能永远也不会推出自己的搜索引擎，因为用户的需求日新月异，永远都没有最好，只有更好。

今天，百度产品的更新迭代更快了，每天都会有上百次更新升级上线，网页搜索的结果也每一天都有几十个等待测试上线的升级项目，失败了不要紧，改过再上。百度的工程师已经习惯了一个叫“AB test：”的开发模式，即如果我们不确定A、B两种结果哪个更符合用户的需求，就让用户来为我们test，得到结论迅速调整。

正是这种越来越快的迭代演化使百度在中文搜索引擎的生态圈里永远保持在进化链末端的最高一环。

在一次总监会上，Robin详尽地阐述了他的“快速迭代理论”：“这个产品究竟是该这么做还是那么做？用二分法来看，经过一百次试错之后，你就能从一百个选择中，找出那个唯一的正确答案。”

在他看来，用户是最好的指南针，任何产品推出时肯定不会是完美的，因为完美本身就是动态的，所以要迅速让产品去感应用户需求，从而一刻不停地升级进化，推陈出新。这才是保持领先的捷径。

【职场真人秀】

不怕一开始的不完美

2007年年初，商业分析部开始尝试撰写行业分析报告，为大客户提供增值服务。

4月第一份《汽车行业报告》是由小罗负责的。当报告新鲜出炉时，负责推广报告的小韩一看就皱起了眉头：虽然百度的数据得天独厚，但是这份报告内容实在不够专业，怎么连奥德赛这样的车都被归类到越野车里了呢？而且，相比别的公司动辄几十页上百页的专业报告，百度仅仅简单的几个排行榜形成的薄薄一本报告，权威性似乎太小了。

小韩把自己的看法告诉了小罗，小罗脸一红，赶紧说：“我们弄错了。”可他心里焦虑地想：“我们部门一共就只有三位研究员，按目前的计划，未来还要出好几个行业的报告呢，确实无法样样精通，以后保不齐还会出这样的bug啊。”

小罗找到当时的商业分析部总监周敏，说出了自己的担忧，最后补充道：“咱们还不够专业，你看这事儿能不能先缓缓，等我们自信能拿出最权威的行业报告来再发布呢?”

没想到，周敏听后却并未特别吃惊，反而很坦然地说，“以我们目前的力量确实做不出最好的行业报告。但我们现在的第一要务，是抓住市场时机开始推出行业报告，发到客户手中，然后根据客户的反馈不断吸引人才，提升专业力量，把水平迅速提高。你看，你今天不是就收集到了一个反馈吗？如果我们不推出，怎么会知道呢？我自己也收集到了一些，比如客户和广告代理公司都对我们的汽车、家电、化妆品、IT报告很感兴趣，希望我们能越做越好。”

小罗还是有些不放心，但后来他发现，百度行业报告越来越受到各个行业的重视和认可，这也激励着团队里的人每天不断学习、提高。在每一次报告发布后，都要进行系统化的思考和改进，报告做得越来越专业，一次比一次详细和准确。越多接触这些行业的客户，就越能摸清需求的脉搏和改进的方向。随着行业报告每一次更新，质量也越来越高，渐渐地业内的反馈从差评变成了好评，还建立起来不少的口碑，甚至到后来是客户催着他们出行业报告。

事实证明，这个占位很重要，让业界认识到了搜索引擎的营销价值，为百度在各个行业里建立起了“时代精神，百度知道”的权威形象。

2009年新加盟百度的商业分析部总监褚达晨看到百度的行业报告眼前一亮，他觉得这块儿布局非常重要，便将自己在国外顶级咨询公司多年的行业报告撰写经验向团队倾囊相授。百度的研究员们也苦练内功，积极向外拓展，请各行业专家来指导。

当2008年新一期的《百度汽车报告》在广州车展上发布时，业内同行纷纷索要传阅。现在，百度的汽车报告已经征服了四大汽车门户网站，成为被整个汽车行业关注和引用的重要资料。

“随身听”的辉煌与没落

20世纪70年代，索尼的老板盛田昭夫有一次遇到了好友井深大，看到井深大手中拿着个当时很普及的笨重录音机，耳朵里塞了个耳塞。

盛田昭夫很奇怪地问道：“你这是干什么呢?”

井深大说：“我喜欢听音乐，又怕吵到别人，所以只好戴上耳机，一边散步一边听音乐，这是多么美好的事情。”

这句话，突然让盛田昭夫意识到——目前市面上这种笨重的录音机应该有升级的新产品，比如一种可以随身携带的听音乐的机器!索尼新产品“随身听（walkman）”的构想就此萌芽。

1979年7月1日，索尼对外推出了第一部“随身听”，它成为了世界上最小的录放机，虽然售价不菲，但体积小、高音质吸引了许多人愿意为此掏腰包。公司原本估计一年只能卖十万个，结果却出人意料，四百万个“随身听”一抢而空。

接下来的二十五年里，索尼没有躺在第一代“随身听”上不思进取，反而以更快的速度、更敏锐的眼光迭代开发后续的“随身听”产品——从一开始的磁带“随身听”，到1984年第一代CD“随身听”，到1985年增加了自动反向倒带功能，1986年的遥控功能，1988年的内置充电池，以及之后更轻、更小的耳机……二十五年里，索尼一共设计出了一千一百个模型，共销售出了三亿三千五百万台“随身听”，并使之成为了一种文化。

但到了21世纪，当科学技术的进步使“数字音乐”成为新的大趋势所趋时，索尼却没能及时跟上时代的步伐。

进入网络时代的消费者，需要的是更新潮、更方便下载播放的数字音乐播放产品，对音质的需求并不高。而索尼却始终固步自封，执著于开发出更高音质、更好音效的“随身听”产品。结果虽然MD“随身听”系列产品的音质日臻完美，但索尼却没能推出一款标志性的数字音乐随身听，只能痛失数字音乐播放器市场。曾经辉煌天下的“随身听”系列产品，也最终因为没能迅速迭代，而被市场抛弃。

【最优化法则】

1. 一定要事先考虑时效性。

眼光时刻盯着需求的提出方和工作的结果，评估一下工作对时效的要求有多高，越是要求高时效、高更新率的工作，越是要提醒自己有“迅速迭代”的意识，体现对效率的追求。

2. 迅速小规模尝试，把idea推向市场，让用户打分。

哪怕每天只改变一点点，只要坚持每天都小规模尝试，并迅速地吸取市场和用户对这些改变的反应，就能不断获得改进。这就像一辆在高速公路上行驶的汽车，如果想让它的性能提升，让它停下来，然后花很长时间把所有零件check一遍是不经济的做法；相反，每天更换零件，每次根据路况调整更好的配置，日久天长，原来简单的奥拓汽车，也练就成为了奥迪汽车。

3. 永远不要试图一步到位，宁愿先出靶子。

很多工作都属于“罗马不是一天建成”的，因此不要试图一步到位，因为工作本身不可能一下子就做到完美。正确的做法是先拿出一个比较完整的想法作为靶子，与领导沟通、在大家的不断讨论修正、在市场的督促下，不断改进，推出更完美的方案。要知道，对讨论来说，先有个完整而不完美的身体，要比只拿出个完美的脑袋，有意义得多。

4. 以终为始。

有着“以终为始”的心态。一旦完成工作成果，就可以开始思考下一步2.0的升级版可以怎么再变得更好，而不要躺在功劳簿上。

5. 迅速迭代，越变越美不是敷衍工作的借口。

它绝不意味着允许随随便便拿出一个粗糙的成果，然后口口声声说“迅速迭代”。“迅速迭代”的真正价值是迅速地获得反馈，从而不断改进，如果你的成果粗糙得让人无以评论，又怎么可能收获有价值的反馈意见？更别提越变越美了。

【解决力自测】

作为一家房地产公司的策划人员，老板给了你一个月的时间为一个已经开卖的楼盘做新一轮的广告策划。在接受这个任务时，你需要从老板那里了解哪些基本信息？接下来，你又会如何制订自己的时间计划？

保持学习心态

“在快速发展变化的时代里，如果不能够不断学习，就会被市场所淘汰。所以，企业的每一位员工，都应该保持求知若渴、虚心若愚的学习心态。这是企业发展和进步的根本动力。”

【职场价值观】

我们从小就知道“活到老，学到老”的道理，为什么在进入职场之后，要强调保持学习心态？职场中的学习，目的不在于掌握新知识，而在于解决新问题。显然，对问题的解决能力将决定你在职场的成长速度。

大学里，你所获得的专业知识未必对将来的工作有直接的支撑，很多情况下，这些专业知识几乎完全没有用处。你通过大学学习所得的最重要的收获，就是学习的能力。

在职场中，你的学习压力实际上远大于在学校。刚刚进入一家公司时，你要学习公司制度、了解自己公司的产品和服务、掌握市场方向、洞悉客户心理；同时，你要适应团队协作，学会与同事沟通；进而，你可能需要熟悉公司的渠道策略、产品研发、销售策略和竞争策略；当你走上管理岗位，你会发现制定目标、制定战略、分工协作、与下属的人际关系、与其他部门的配合等，几乎都要全方位地学习再造。

上海复星集团董事长郭广昌经常说一句话："企业之间最核心的竞争，就是看谁能比竞争对手学习得更快!"而作为员工，也只有通过不断地学习，才能适应企业发展的需要。

保持学习心态将使你达到举一反三、触类旁通的境界，逐渐形成一套自己的工作模式和人际沟通风格。在公司里工作，新问题、新挑战总是层出不穷，唯有不断学习，才能成为最善于解决问题的骨干员工，获得承担更重要的责任的资本。

【李彦宏实践】

百度的牛人多，随着百度市场份额的不断增大，在行业里一骑绝尘，一些大牛儿们说话时也越来越牛。

一次，Robin在一个产品讨论会上问起大家对竞争对手的一项新技术的看法，没想到，好几个人都非常轻视地表示出"我看没啥前途"的态度。另外一些人则表示还未来得及关注研究。

没有人察觉到，Robin轻轻地皱了一下眉头。就在下一个总监会议结束前，Robin走上前台，专门给大家分享了他精心准备的一份礼物——那是苹果公司创始人、CEO乔布斯在斯坦福大学毕业典礼上的演讲词。这段演讲的题目是"stay hungry，stay foolish"，即"求知若渴，虚心若愚"。

Robin说："当我们满足于现状的时候，倒退、挫折就会到来。每一个百度人，永远不要满足，永远要记住，始终保持'饥饿'与'愚蠢'，让自己不断学习，不断进取。这样，公司才能更迅速地发展，每一个百度人，也才能跟上公司的成长。如果我们不能不断学习，就会被市场所淘汰。"

2009年7月，Robin在一次公司全体经理以上员工参加的战略沟通会上宣布了百度提拔干部的三个重要标准，而"保持学习的心态"赫然列于其中。

在百度工作时间稍微长一点儿的人都知道，Robin本人就是一个非常热衷学习的人。在过去的十几年当中，他从来没有离开网络超过二十四小时，每天早上起来，他都会上网看看业界新闻和产业动态，看看有什么新

保持学习心态

每一个百度人，都要记住：
永远不要满足。

的知识和现象需要学习和研究。一直到今天，Robin这种持续学习的激情都没有改变。

早在他还在Infoseek做工程师的时候，就很注重从其他公司的成败中学习，关注和深入研究了硅谷那些公司的成败，他写了一本书叫《硅谷商战》。这本书至今还被很多互联网企业当做研究美国第一波互联网浪潮的最佳读本。

【职场真人秀】

每一天都在进步

2008年，辐敏晋升技术部副总监，这意味着他要率领一支几百人的开发团队，每天完成数十条产品线上大大小小的升级，这可不是一副轻松的担子。熟悉她的朋友看到这个消息非常惊讶。在大家眼中，辐敏是个非常内向，看起来更像只会埋头钻研技术的人，谁都想不到，她居然会向管理岗位发展。面对朋友们的询问，辐敏笑笑说："我的确不懂管理，但是可以学习呀。"

2004年，辐敏还只是一名工程师。

当时，百度流量节节高升，同时新产品的研发速度也明显加快，这就需要更多的技术工程师，同时，也需要一批技术管理人才。

一天，技术部高级总监郭眈找到辐敏，问她愿不愿意转型走管理路线。他对辐敏讲了自己的判断："你做事情非常有章法，执行力强，做事风格外柔内刚，而且学习能力很强，我觉得你很适合做管理。"辐敏觉得很突然，心想："我大学学的是计算机，进入百度的三年中，每天都focus在第一线的技术研发上，既没有管理经验，也没有系统地去了解过项目的运作。最近虽然带过一些项目，但毕竟自己没有进行过这方面的系统学习。这能行吗?"

但辐敏非常相信郭眈的判断力，站在他的位置提出让自己尝试转型一定是因为郭眈觉得自己在管理岗位上比在技术岗位上能发挥更大的价值。

她也很想试一试，于是辐敏点头答应，开始担任项目经理。

但是第一次开会她心里就急了——原来项目经理不是去管人家代码怎么写，而是需要协调各组的资源，处理很多别的组的问题，还要调动组内同事们的积极性，了解每个人的优势和弱项，做出最佳分工。

项目怎么带？人怎么管？辐敏开始一次次虚心向别的组的项目经理们请教，不断琢磨怎么把控项目进度，怎么才能保质保量。她留心观察自己的leader郭眈是怎么开会、怎么找人谈话的，她记下Robin经常讲的那些管理名句，比如“找最优秀的人才”、“给最自由的空间”、“证明自己用结果说话”，等等。她还报名参加了hr的所有管理培训课，无论周末还是晚上，只要有时间，所有管理培训她照单全收。不仅听课时投入，培训以后，辐敏一定要将学到的东西应用到项目的管理中，用这些方法来解决问题。然后，每天回家后再把这些处理过的案例复一遍盘：以前我用什么样的方法处理过同类事情？用新的管理方法是否能处理得更好？针对百度的特殊情况，这个方法的利弊何在，应该如何趋利避害？每一次，她都会有新的感悟。

“不断遭遇新问题，处理成功后，其实自己又向前走了一步；于是又能接触到新事物和新要求，于是又需要学习新东西”，辐敏很快地适应了项目经理的角色。这种学习心态，帮助她越来越了解“管理”这个原本不熟悉的领域，团队的执行力也越来越高。她用一个个项目高效率完成的结果不断证明了自己的管理能力的提升，还不断地将自己的学习心得分享给团队中的项目经理们，让整个团队的管理水平不断提升。渐渐地，辐敏管理的团队规模越来越大，项目越来越多。团队里的人也都很喜欢她润物细无声、又在原则问题上一丝不苟的管理风格。

2008年的一天，辐敏的leader齐玉杰告诉她：“你现在已经是一个很出色的管理者了，我即将被调去做新的商务搜索开发（即凤巢），我觉得，没有人比你更合适来接任这个部门的总监之职。”适时，管理这样一个大团队对辐敏来说，已经是水到渠成的事情了。

互联网的发展日新月异，百度要求每一个员工每天都问问自己：今天，我又学到了什么？有没有进步和提高？

从秘书到年薪一千二百万港元

叱咤香港地产界近30年的洪小莲，一直统领长江实业（以下简称“长实”）的命脉——售楼部门，是长实的实权人物、李嘉诚的心腹大将。在1972年进入长实时，她只是一名负责内务的秘书。由于李嘉诚的一次点拨，她在之后的职业生涯里始终保持学习心态，1985年她就出任公司执行董事，当时的年薪就已经高达一千二百万港元。

当只有高中学历的洪小莲刚进入李嘉诚的公司时，是负责日常事务和总务行政工作的秘书，工作极为单调琐碎。有一天，她在午饭后的休息时间翻开报纸看花边新闻，正津津有味的时候，李嘉诚从外面回到公司，经过她身边的时候说了一句：“有时间就去进修充实自己，不要看这些浪费时间。”

洪小莲最初的反应是不服气，但她很快意识到，自己这么年轻，不能甘心一辈子在这个岗位上混下去。她选修了行政和工商管理类的课程，让各种各样的进修占满了自己的业余时间。一次，她陪同李嘉诚参加会议，突然发现销售楼盘是非常有挑战而且自己真正感兴趣的事情，此后，她一有机会就研究房地产业务和房地产市场。在相当长时间的积累之后，她与李嘉诚恳谈，请求更换职位，做售楼工作。

仅用两年，她就当上了销售助理，其后迅速掌管售楼部。多年来，在洪小莲的运营下，售楼部功勋彪炳，即便在1997年亚洲金融风暴时，其销售业绩也保持行业领先。多年来，洪小莲一直把李嘉诚的一句口头禅当成座右铭，这就是“不认识的，就应该学习”。

【最优化法则】

1. 专业技能很重要，做事的方法更重要。

专业技能必不可少，但这只是必要的学习领域中很小的一部分。留心别人做事的方法，并注意总结得失，逐步形成自己的一套方法体系，这将让你以令人羡慕的速度高效率成长。

2. 学习的对象除了上司，还包括你身边的每个同事，甚至为竞争对手工作的人。

每个同事都有可以传授给你的东西，最能静下心来学习的人，在职场才最有爆发力。打开思路、放开视野，除去身边的领导和同事，你可以学习的目标还包括同行业内其他公司的员工，甚至身处其他行业的人。

3. 每项任务完成之后，要“三省吾身”。

不要放过每个学习的机会。其实，每次完成任务的过程，以及完成任务之后，都有很多可以学习的地方。

养成这样的习惯：在每次完成工作任务之后，都问自己三个问题。我这次做得好的、应该继续保持的是什么？我这次做得不尽如人意的、需要尽快改进的是什么？我是否能不拘泥于这次的做法，选择其他的方法来完成这个任务？

4. 主动分享你所掌握的知识、技能和方法，会让你的成长速度更快。

“保持学习心态”绝不意味着保持谦恭的姿态，隐藏自己的才干。如果是这样，你身边的同事和领导最初会觉得你虚心好学，时间长了，你就会给他们以不愿分享、一味索取的印象。

主动分享，其实是高效率学习的最重要的手段。与人互通有无，主动与人讨论你所掌握的知识、技能和方法，你将获得两种收获：其一是你原先所掌握的知识、技能和方法将在分享和讨论中经受锤炼，变得更加成熟；其二是，分享的过程中，你和同事的智慧彼此对撞，将产生新的火花。

5. 保持学习心态不等于过度学习，要边做边学。

不要忘记学习的本质目的，不要为了学习而学习，让自己沉湎于低效率的“自娱式”学习之中。学习总是有帮助的，但你可能没有必要为了卖掉一幅画而拿到经济学和艺术史的两个博士学位。

要着眼于实战。通常情况下，你的公司不可能等你穷尽一个领域的知识之后再把工作任务交给你，你要适应并享受边做边学的过程。

6. 保持学习心态，但绝不能放弃创新的可能。

学习不是模仿，学习的根本在于拿来别人的先进技能、经验和方法为我所用。因此，你一方面要注意所学内容的“本土化”，让所学更好地符合你的岗位和工作的需求；另一方面，不能用从别人那里学来的经验来束缚自己，尤其要注意的是，不要变得畏首畏尾，从而扼杀创新的可能。

【解决力自测】

你所在的公司在行业内处于领导地位，但眼下，公司的管理层似乎对一家刚刚创立的小公司颇为关注。这家公司所采用的商业模式与包括你们公司在内的传统企业完全不同，而且已经有不少用户开始选择他们的产品和服务。行业分析师也毫不吝惜对这家公司的赞美之词，有人甚至表示这家公司将代表未来行业发展的方向，甚至可能引起行业的洗牌。

你受命调查这家公司的情况，并为高管决策提供建议。你会从哪些方面着手展开你的工作？尝试分析可能出现的几种情况，并回答在每种情况下，你会建议高管们采取什么样的策略。

人际学不教你的处世之道

你不是孤军

主动分享

帮助别人，成就自己

对事不对人

你不是孤军

“一个高效的组织，应该讲究协同作战，作为组织中的一员，在做项目的时候，应该想到，你拥有的不仅仅是自己部门的资源，身边很多其他部门的资源都可以为我所用；而在你的日常工作中，也应该随时想到，自己的工作是否可以为身边的其他同事或团队提供帮助。当组织中的每一个成员都这样做的时候，这个组织的整体效率就会是最高的。”

【职场价值观】

只有在理解这一条之后，你才真正成为一个职场中人。“你不是孤军”揭示了从学生到职业人必经的心态和思维方式转变，只是由于道理看似浅显，常常被人忽略。

当我们还是学生的时候，我们往往是以“单个的人”的身份与他人相处。在学校里，你与你的同学们其实都是单兵作战，在某些情况下——比如求职、升学、考试、评优、奖学金评定甚至自习课占座位时——是竞争关系。

而在公司里，一切工作要以团队协作的方式展开。你是团队的一分子，与你的同事、以及其他部门之间是协作而非竞争的关系。你必须依靠你的同事，也必须成为他们可以依靠的人。只有经由团队合作，你的价值才能显现出来。

迈克尔·乔丹说：“一名伟大的球星最突出的能力就是让周围的队友变得更好。”无法适应团队协作，你就无法被团队接纳，受到同事们的欢迎。

清代思想家魏源较早地向国人介绍了“公司”的概念。他在《海国图志》中对公司的解释是：“公司者，数十商辏资营运，出则通力合作，归则计本均分，其局大而联。”实际上，通力协作恰恰是公司的本质，Company这个词的本意中，也有“同伴、伙伴”的意思。

公司需要的是稳健地成长和发展。对于一家公司而言，能把事情做到90分的一个明星员工，远远不如一支能保障事事不低于60分的团队；同理，一支明星团队所能发挥的力量，也远远不及各个部门之间的顺畅配合与协作。

是否善于利用身边所有能利用的资源，是否善于与人协作，标志着你是否是一名成熟的、公司真正需要的员工。当然，“你不是孤军”同时也意味着要对同事和其他部门无私分享，主动为团队协作贡献个人的力量。

【李彦宏实践】

2004年中期，百度经过“闪电行动”已经占有了40%的市场份额。但负责网页搜索团队的崔珊珊对此并不满意。她对PS团队说：“今年的每一天，咱们都要处于踩满油门儿的状态，一定要在中文网页搜索质量上再上一个台阶，把对手彻底甩开。”

然而一段时间的高强度开发上线之后，崔珊珊发现，对手咬得很紧，百度的每一个改进很快就被对手追上，距离很难拉开。

一天，她把这个苦恼告诉了Robin，向他求计。听到崔珊珊的疑问，Robin竟然一点儿也不意外。原来他早就注意到这个问题了，似乎早已等着崔珊珊的提问：“从网页搜索角度来说，你们确实已经尽了最大的努力，但是别忘了，你不是孤军，除了网页搜索，我们NS那边还在开发百科、知道等很多新的产品，如果那边的产品出来了，你这边就会大大降低压力，轻松很多。如果把这些产品的协同作用都发挥出来，我们的用户体验就可

你不是孤军

2004年中期，百度与对手竞争很激烈
负责网页团队的崔珊珊希望能够在中文网页搜索质量上把对手彻底甩开。

然而她却发现对手咬得很紧，距离很难拉开。
别忘了，你不是孤军。
除了网页搜索，我们NS那边还在开发百科、知道等很多产品。
把这些产品的协同作用发挥出来，我们就可以比对手强得多。

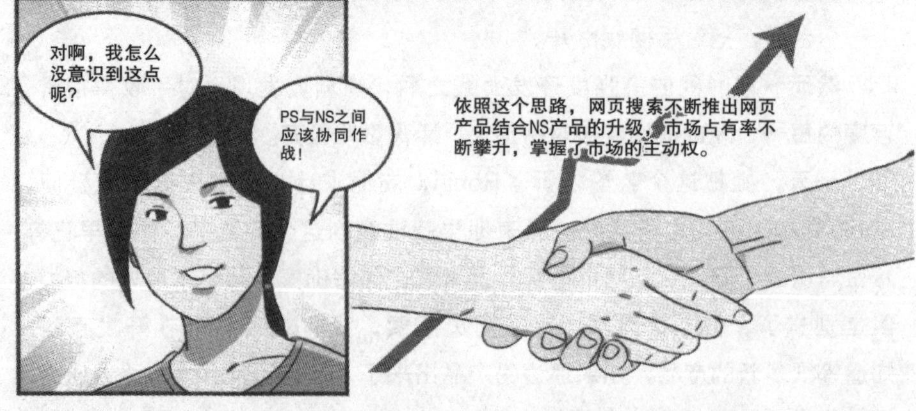

对啊，我怎么没意识到这点呢？
PS与NS之间应该协同作战！
依照这个思路，网页搜索不断推出网页产品结合NS产品的升级，市场占有率不断攀升，掌握了市场的主动权。

以比对手好很多。”

崔珊珊听了大喜，“对啊，我怎么没意识到这点呢，PS与NS之间应该协同作战。”她马上回去组织网页搜索部门与搜索新产品部门共同立项，基于新架构从这些社区产品里由网友所创造出来的内容中找到最快达到用户需求的捷径。用户体验和满意度都得到了立竿见影的提高。

依照这个思路，网页搜索不断推出结合NS产品的升级，很快，百度在中文搜索的市场占有率从40%上升到50%、60%、70%，一年上一个台阶，牢牢占据了市场的主动权。

【职场真人秀】

2009年春节前，内部沟通部的王莉莉接到一个任务，通过短信，在除夕的中午向全体百度人发出百度当晚将通过春晚向全国人民拜年的好消息。

接到这个任务，王莉莉马上打听如何建设短信平台，结果了解到建一个短信平台挺贵的，现在走申请审批和追加预算的手续已经来不及了。为了向几千人发短信，建一套可以服务于十万多人的短信平台也实在不太划算，这审批可能就更不容易了。虽然有几家公司都同意可以免费试用一次，但免费试用万一不靠谱儿怎么办？这下可把王莉莉难住了。

穷极生变，王莉莉忽然想到，咱们公司向客户或商户群发短信靠什么呢？会不会存在着这样的平台可以一用？几个电话打完，王莉莉得知百度“有啊”有一套可以借用的短信平台，但这个短信要在除夕中午发出，这就意味着“有啊”的同事们要为此在大年三十儿加班，这样的麻烦事儿，人家还愿意帮忙吗？

抱着惴惴不安的心情，王莉莉找到了“有啊”的同事们说起此事。没想到，从总经理李明远、经理封虎到执行层的每个人，都是一个口吻地爽快答应下来。在一路绿灯之下，流程很快打通，当天就确定了短信群发的具体方案。

除了邮件的反复确认，负责操作的刘嘉同学还主动打电话来追问相关细节，言语中听不到一句怨言，而且，自始至终是以对待客户的服务标准与态度，极尽仔细负责地完成了这项工作。

大年三十儿，所有百度人都如期地收到了祝福的短信，正在家中与家人团聚的王莉莉打电话给刘嘉："短信收到了，你们的敬业与协助精神让我感动。"刘嘉与其他几位"有啊"同事此时还未离开公司，他开心地说："大家都收到了就好啦，别客气，这是我们应该做的。"

这件事之后，王莉莉在提起百度文化时，常会深有感触地说："在百度，你一定会经常感到自己不是孤军。"

GE如何照亮北京奥运场馆

"原以为只要在GE赞助范围里的产品，肯定都会用我们的，后来才发现完全不是这么回事。很多项目只有参与竞标，才有机会。"2006年6月，GE北京2008奥林匹克业务总裁金飞翔（James D. Fisher）和他的同事发现的这个事实令他们大吃一惊。原来，大部分跟奥运有关的建设都不是和北京奥组委或者是国际奥组委有关系的。

时间来不及了，竞争对手们早已经准备充分，如果想让旗下各条产品线单独竞标各个项目，胜算的机会很小。金飞翔立即汇报上级，决定启动GE的Enterprise selling（公司整合销售）程序，即从各个业务部门抽调专业人员，组建奥林匹克团队，通过企业整合营销的方式为客户提供全面的解决方案。

很快，一百多名GE员工被从全球召集到北京，其中有二十多位来自美国、英国、菲律宾和马来西亚的有着丰富奥运或大型活动经验的技术专家。在经年累月的磨合中，GE的各部门配合已经达到纯熟的程度，每个部门都不是孤军。

Enterprise selling（公司整合销售）是GE特有的跨部门合作方式，即各个部门将产品有机地组合起来，向客户提供系统的全方位解决方案，而不是单卖某个具体的产品。

因为GE很大，有很多部门，当一个项目牵扯不止一个部门时，与客户的沟通上就很容易出现混乱。顾客常抱怨"不知道谁是哪个部门的，也不知道应该和谁交流"。Enterprise selling实现各团队的整个合,只有一个专人负责和客户联系，从项目立项到最后的实施阶段都有专门的团队做后盾提供支持。这不仅简化了顾客与GE的沟通，也使GE的销售更加有的放矢。而这种模式能运行的必要条件就是背后各部门打破樊篱的无缝合作，把不同产品线、不同地区的经验技术整合到一起进行销售。

整合销售让GE更充分地展示了它的多元化优势。尽管在各个不同的领域都会遇到实力强劲的竞争对手，但是客户看重的是GE可以提供富有经验的团队和全面的解决方案。这让GE的产品与其他竞标者根本不在一个层面上，取胜的机会大大提升了。

例如，在国家游泳馆的照明系统中，因为GE旗下有NBC转播网，所以使得GE的奥林匹克团队非常清楚高清晰电视对于光线的要求。因此GE设计的照明系统，不仅让在场的观众能够通过照明非常清楚地看到正在举行的赛事，还能保证电视机前的观众通过转播很好地收看比赛。

由于整合销售的成功运作，在奥运场馆基础设施建设上，GE成功拿下了七亿美元的合同，其中包括向三十七座奥运场馆和一百六十八座商业楼宇提供的领先产品和技术。而NBC更是在电视转播权上收获了创纪录的十亿美元收入。

【最优化法则】

1. 接到任务时，首先对任务进行拆解。

拿到工作任务，先不要眉毛胡子一把抓地仓促上阵。首先，对工作任务进行拆解，精确了解完成这个任务需要哪些方面的资源支持，哪些资源依靠公司内部的力量即可获得，哪些需要寻求外部协作。

2. 找到公司内部拥有你所需的资源和经验的部门和同事。

在对任务进行拆解之后，找出掌握你所需的资源和经验的部门和同事，了解哪个同事、哪个部门最擅长完成哪个环节。

然后，你需要制定时间表，确定不同工作环节的完成时间和质量要求。在进行跨部门合作时，一定要在沟通中清楚表达自己的需求，因此，你必须对每个环节所要达成的目标了如指掌。

3. 大胆向别人求助和请教。

向其他部门或者同事求助，争取获得一切可利用的资源。如果对某些工作环节已经有可行的程序，甚至有现成可利用的成果，就大胆拿来使用，不要一切都自己从头儿做起。

4. 完成一件事情后，对其他可能需要的人主动分享。

完成一个工作环节或者一项完整的工作任务后，及时总结经验教训，并使其书面化，主动分享给所有参与者，以及未来可能用到这些经验和教训的其他同事、其他部门。

5. 你不是孤军，但切忌在协同作战中成为别人的负担。

不要以协同为借口，依赖别人。在协同中，不能丧失独立的判断和掌控，否则，你就会把其他同事、其他部门变成孤军，而你也会成为他们沉重的负担。

要对工作目标和最后的结果有清晰的认知，不要在协作中迷失方向。

【解决力自测】

你在一家开发工业和建筑业制图软件的跨国企业工作。近日，国内某省份发生大规模自然灾害。经过公司高管紧急商议，决定以捐款、派团队赴当地支援等方式施以救助。高管们为救助行动定下的调子是：结合自身业务优势，以本公司最擅长的方式完成这次公益行动。你负责牵头策划和组织实施这次行动，你将按照什么步骤展开你的工作?

打破部门樊篱

> “随着公司规模逐渐增大，本位主义与部门利益高于整体利益的现象也会自然而然地滋生。而这，也必将成为组织发展最大的阻碍。要想让几千人甚至几万人的公司仍然保持小公司的效率，公司各阶层的管理者们就必须不断去打破那些部门间的围墙与疆界。”

【职场价值观】

在你平时的工作、生活中，遇到别人请你帮忙的事，你通常会当成自己的事一样热心尽力吗？如果你的回答是肯定的，那恭喜你，你天生具有合作精神；如果你的回答是否定的，那就从今天开始培养自己的这种精神吧，因为在公司里工作，最要不得的就是独善其身的想法。

即使世界上最牛的管理学家也不得不承认，在公司的各部门之间，存在天然的樊篱，而且很难找到解决的良药。

这种樊篱来自于对维护自己利益的本能。公司各部门间因绩效竞争而不可避免地存在本位主义倾向。

即使在同一个部门里，每个人也都会不自觉地以自身绩效为核心出发点考虑问题。你，通常也不会例外。当你的上司派你去参与一项跨部门合作的项目时，你应该怎样处理好合作与部门利益的关系？如何从中使自己得到大家的认可？

当许多职场书教你用各种“聪明的做法”巧妙地维护自身利益的时候，可能正把你引向歧途。这在前几年也许还挺管用，但当今职场的规则正在发生着本质性变化。

公司化运作的目的，正在于大规模协作以提高解决问题的效率与能力。而难以铲除的部门樊篱则大大地降低了效率，使公司的竞争力大打折扣。全球化、网络化竞争的压力使老板们越发对部门本位主义恨之入骨并开始着手从制度和文化上双管齐下，重新思考合作精神在人才评定中的重要性。

第一个提出这一概念的当数GE的传奇CEO杰克·韦尔奇，他发现那种传统将员工和业务流程进行划分，使得各个要素各负其责、各尽其职的企业管理模式和金字塔式的自上而下管理模式，使各层级、各部门恪守严格组织和等级界限。结果造成组织规模庞大、等级过多、职权过于集中、组织效率低下、内部沟通阻隔、应变迟缓乏力，抑制了创新和员工的主动性，早已不适应经济全球化、信息网络技术和知识经济的挑战与冲击。于是，他提出构筑学习型组织的“无边界”理念，打破企业存在的自然边界：企业内外存在的边界、上下层级存在的边界、部门间存在的边界。韦尔奇发现正是这些边界阻碍了好思想的流动，所以他将公司组织结构变得扁平化，在文化上提出打破这些内在壁垒，把GE公司建成一个无边界的透明企业，让好的思想、好的主意可以自由流动。

李彦宏在成立百度之初就提出的“简单可依赖”文化也正是对这种樊篱的抵制。做人、做事简单，对其他同事和别的部门而言可依赖。

360度评价早已经引入绝大多数公司的升职评定中，即一个人能否升职不是他的直接上司一个人说了算，人力资源部门还要向他的下属、部门同事、协作部门同事发出问卷，进行背靠背评价，即使你的业绩再好，这一关过不了也无法获得晋升。

同时，由于企业越来越扁平，基层员工也有越来越多的机会通过重大的合作项目让企业的CEO看到你在工作中的表现。在这样的新形势下，那些善于克服本位主义心态，时刻能以公司利益最大化为出发点的人，往往能在部门合作项目中脱颖而出，很快得到赏识重用。

【李彦宏实践】

2007年，百度年会上颁发的总裁大奖和最佳团队奖具有明显的风向标意义，获得大奖的三个项目：校园招聘、品牌专区和CRM，无一例外，都是跨部门合作的项目，每个项目都有数个部门多达几十人共同参与完成。

其实，2007年百度的整体业务发展得非常好，很多部门的事迹都在年会前上报给Estaff，具有获得大奖的潜力。据说，在究竟选出哪些项目授予年终大奖时，Estaff成员之间发生了激烈的辩论。

大奖颁布后，Robin在年会上道出了这三个项目最后胜出的终极原因——他们优秀的跨团队合作为打破部门藩篱树立了典范。尽管其他团队都很优秀，但Robin希望通过大奖提醒公司全体员工，今后一段时间，如何预防和医治百度的“大公司病”将成为大家工作的重心之一。

2007年，经过七年的发展，百度已经从七个人的创业小团队，成长为一个拥有数千名员工的“大公司”。但随着公司规模的扩大，一些问题也逐渐凸显出来。一天，有位总监来找Robin审批文件，皱着眉头发了一番感慨：“这个跨部门项目要是沟通顺畅两个星期就能完成，可是个别部门总是和我们想法不一致，结果整整拖了一个月，咱们现在的沟通成本越来越高了。”

发现问题，解决问题。此后，细心的人发现，Robin开始将注意力特别投向一些跨部门合作项目，每当总监、经理们谈及内部沟通方面遇到的问题或解决方法时，他会听得特别认真。年会时，Robin又利用颁布总裁大奖的关键时刻，为全体员工上了一堂深刻的管理课。

此后，所有“最佳百度团队”大奖的评定中都增加了一条隐性标准——是否能与其他部门打破边界无障碍合作。这，只是一个开始。

在2009年7月的战略沟通会上，Robin又一次提起这个话题，他告诉

2007年，百度已经从七个人的创业小团队，成长为一个拥有数千名员工的“大公司”。

随着规模的扩大，一些问题也逐渐凸显出来了。

就因为别的部门总是不合作，

这个原本两个星期就能完成的项目已经拖了一个月了。

看来我要把注意务投向跨部门合作项目了。

要想办法鼓励大家跨项目合作的积极性才行！

2007年，百度年会

今年获得大奖的三个项目是……

校园招聘、品牌专区和CRM!

奇怪，这几个都是跨部门合作的项目。

为什么呢？

他们胜出的原因正是因为他们打破了部门藩篱，树立了典范!

我们之间是没有部门利益，只有整体利益的。

请大家时时记住Break all the walls

我们："很少有一家公司像百度这样，七千人只做一件事，那就是搜索，所以我们之间是没有部门利益，只有整体利益的。请大家时时记住Break all the walls。"

【职场真人秀】

一场漂亮的闪电战

2007年，商业分析部在总监会上提出了想法并得到了Estaff们的支持，品牌专区项目小组正式组建起来。

刚刚从学校毕业的雯雯进入商业应用产品市场部不到两个月，就参与到产品开发中来。刚开始听leader说要在三个月里完成这样一个全新项目的开发时，她都傻了眼，从调研到设计，再到开发、测试，屈指一算，这怎么也得四五个月的时间啊。

这时，leader让她负责召集第一次项目会，告诉雯雯要给商业分析部、大客户部、RD、TS、PS、BD等几个部门的leader发邮件，说明项目情况请他们指派一名同事参与到项目组中来。雯雯照发了邮件，但心里想，这个工作是我们部门的，别的部门友情客串一下，也就是一起做个头脑风暴吧。

谁知，那些部门没有一个是来友情客串的，他们都是有备而来：商业分析部带来了很有用的调研数据，还提出了非常有意思的创意，大客户广告销售部门列出了可供测试的客户源，用户产品团队积极地来出谋划策说如何把用户界面做得更友好。

会后，雯雯一边信心满满，一边也有点儿担心，她找到leader，怯怯地问："这么多部门深度参与，这个项目还算是咱们部门的吗？"Leader看着她的样子笑了，继而收起笑容很严肃地对她说："雯雯啊，在百度里，部门之间是不应该有这种边界意识的。大家按专业分成各个部门是为了提高效率，而不是降低工作效率啊。你以后在工作中一定要做到只有公司利益，没有部门利益。"

“我明白了!”她使劲儿点了点头。直到今天这句话仍深深地印在雯雯的脑子里，她说，这是她进入职场后最深刻的一课。

有了各部门的协作，雯雯所在的小组只用短短两周时间，就把产品MRD做好了。

雯雯发现，每一次开会，来自不同部门的人都仿佛这个项目是自己部门的一样尽心尽责，时常还会为了一些产品细节怎样做才能达到更高的用户体验而争得不可开交；大家不问个人得失，一门心思把产品做到极致的精神互相影响，效率非常高。

通过一个月紧锣密鼓的开发测试，产品上线了。当OP同事宣布第一个点击顺利产生时，雯雯和同甘共苦三个月的兄弟姐妹抱作一团，大家高兴地跳起来。如果没有各个部门的齐心协作，如果没有“公司整体利益为大”的意识，根本不可能打赢这场漂亮的闪电战。

2008年年初的年会上，品牌专区团队获得了最佳团队大奖。奖金发下来，大家一算，“品牌专区”前前后后一共有十三个部门近四十位同事参与进来，这钱可不好分了。于是这笔钱就一直放在账上，后来捐给了汶川地震灾区的人民。

索尼：步履蹒跚的巨人

今天，苹果的iPod和iTunes风靡世界，几乎无人不知。实际上，早在1997年，索尼就开始关注数字音乐，但他们没有及时将其付诸实践，其根本原因就是构筑在各个部门之间的高高的围墙使得这些部门无法协同作战。索尼推出了类似苹果iTunes和iPod混合体的新产品——Sony Connect，但并未获得成功。主要原因就是在产品开发过程中各部门无法做到真正的“Connect”，他们自行其是，缺乏整体协调，导致产品失去市场竞争力。

INSEAD创业学教授莫腾·汉森（Morten Hansen）认为：“市场对该产品的评价很差……如果索尼公司各部门能团结协作，该新产品可能已经成为iPod的劲敌。但可惜他们做不到。”

2005年9月，索尼发布2005财年～2007财年的中长期战略时，已经是四面楚歌。微软、苹果、三星等巨头大口吞噬着他们的传统优势领域，这家电子和娱乐业巨头在2005第一财季的赤字达到六百六十万美元。索尼首席执行官霍华德·斯金格承认："我们必须打破阻碍交流的壁垒，集中研发最可能获得收益的产品。"

由于索尼倡导鼓励内部竞争的企业文化，加上长期以老大自居，固步自封，所属各部门之间互不相让、各自为政。由于整体协作开发能力的丧失，索尼已经失去了原有的独特创造力。在高高的藩篱之下，各部门独自发展出一套完善的独立体系，却使得产品研发中出现重复投入、技术和资源难以及时共享等问题。

2005年，索尼决意改变这一现象，他们在公开发布的战略中提出要废除"网络分公司制"，组建包括产品企划、技术、采购、生产以及营销各部门在内的集团公司，目的是"消除公司内的隔阂"。索尼进一步表示："因为这些隔阂有可能阻止我们专注于最具竞争力产品的资源；并实施协调一致、高效和快速的决策。"

直到2008年，霍华德·斯金格在接受媒体访问时还表示："（各自为政，瞧不起对方的情况）不能说完全消失。我此前提出并实施了名为'索尼联合'（Sony United）市场战略，目前大部分员工已经明白了该策略的真实意图。当然，在极个别业务部门，仍然存在不顾大局的现象。"

由此可见，公司内的各个部门因为本位主义构筑起的藩篱，会给公司带来致命的伤害，而且这种伤害很难在短时间内弥补。

【最优化法则】

1. 永远以公司利益最大化为准则。

在任何一家经营管理健康的企业里，这一条永远是对的，在任何事情的判断上，请首先以此为依据。这将有助于你排除本位主义的干扰。

2. 谁发起，请负责。

如果你是跨部门项目的负责人，就要敢于为这个合作的结果承担最主要的责任。跨部门合作中最大的敌人是确定策略时没人敢拍板，出了问题后相互推责任。所以，在合作一开始，你就要做好准备，如果结果是失败的，无论问题出在哪个协作部门上，你都是那个问题的主要的责任人。因为群龙无首是无法做成事情的，谁敢承担这个责任，谁才有做决定的权力。

如果你是协助部门，那么请你将这件事情当成自己分内的工作干，大家可以有争论，但最终要服从于负责人的决定。否则，人人都是诸葛亮，组合在一起也是一盘散沙。

3. 多一点包容，用沟通解决合作中的摩擦。

不同部门的工作方式可能不一样，因为领域不同，所以掌握的信息和思维的角度也都不太一样。所以合作中难免会有误解和摩擦，这个时候，既要坚持正确的路线，又要化解矛盾，那么就要通过数据说话、对事不对人的沟通方式加之包容心态来处理好部门间的关系。其实，只要大家的利益是一致的，即公司利益，这就不会是什么问题。

4. 成绩面前不争功。

项目成功了，荣誉奖章上千万别忘了写上所有参与部门和参与者的名字。这时候可不能粗心大意。

【解决力自测】

你在一家电脑公司负责参观接待。虽然销售不是你的职责，但你在工作中研究其他公司的经验后发现，如果能将原本在公司外开的客户会改到公司内部来开，同时，通过引领他们参观和介绍公司的理念与文化，让客户更加信赖公司的品牌，有可能会大大提高签单概率。

你拿出的其他公司的数据很有说服力，上司很支持你的这个想法，请你负责来协调推动这次跨部门的合作项目。

在这个合作中，你需要至少三个部门的支持：需要销售部门将客户从市中心请到位于郊区的公司大厦，并签到；需要运营部门协助开发一套现场签单的程序；需要行政部提供会议室、停车场及安保、清理方面的支持。于是，你单独找到这几个部门的总监进行了初步沟通。

销售部门很支持，立即表示愿意将下次会议改到公司来开；但运营部门并不确定这样的效果一定会好，所以不建议现在就为此开发程序，他们希望见到效果再行动；行政部则是大摇其头地表示这个想法不可行，他们认为大厦是办公的地方，请客户来来往往不安全，且工作职责中没有提供外部会议支持这一条，人手也不够。

这件事，你觉得还应该推动下去吗？如何推动？

主动分享

“一个人的知识与阅历再丰富，其覆盖面也总是有限的，在一个真正的团队里，每个人都应该向后来者无私地分享团队已有的知识、经验与教训，让他/她站在前人肩膀上迅速成长。如果每个人都能做到主动分享，我们在一起就不再是加法，而是乘法了，团队的效率与‘智商’才会不断提高。”

【职场价值观】

主动分享，是一条让你在团队中迅速受到欢迎的定律。无论着眼于公司利益还是考虑个人成长，主动分享都应该是职场中人恪守的一种团队精神。

刚刚加入一个团队时，你与团队成员走向融洽的最好方式，就是向他们请教这个团队已有的知识和方法；而你迅速被团队接纳，真正成为团队一员的最好方式，就是分享你所拥有的知识和方法。

初入职场的员工——尤其是刚刚毕业，从学校里走出来的新兵很容易在最初因为陌生的环境以及新的人际关系模式而感到不适，而克服和消解这种不适的最简单的办法，就是接受别人的分享，并且在别人需要的时候主动分享。

唯有通过主动分享，你和其他团队成员才能不成为“孤军”。主动分享使得整个团队避免了重复的研发以及无谓的试错，在众人拾柴的氛围中实现事半功倍的效率。

比尔·盖茨极为重视公司内部的知识共享，他还为此提出了“公司智商”的概念。“公司智商是一个衡量标准，看公司能多么自如地广泛共享信息，以及你们公司里的人能怎样善于互相利用对方的思想。”比尔·盖茨说，“一家高智商公司的员工能有效地合作，因此做一个项目的所有关键人物都消息灵通、干劲儿十足。”

显而易见的是，充分协作的团队才是公司里最有竞争力的团队。所以，为了公司的共同利益，以及更快的个人成长，即便你发现你所加入的团队并没有主动分享的风气，也要从自己开始，主动分享，尝试影响别人，逐步建立这种风气。

【李彦宏实践】

2004年年初，负责百度商业搜索产品研发（简称Ecom）的子正遇到了个挠头的问题。

随着百度商业产品的发展，原来推广结果的精确匹配模式已经不能再适应客户的需求了，Ecom准备立项开发“智能匹配”系统，希望只要是跟用户搜索的关键词匹配的相关推广结果都能呈现出来。这个匹配的相关性，就成了这项任务成败的关键。

让子正着急的是，Ecom之前的经验主要是如何搭建商业产品的管理信息系统，怎么“把关键词给匹配好”对他来说完全是个新课题，不仅要从头儿摸索，而且无从下手啊！他正在发愁，Outlook里飞来一封邮件，来信者不是别人，正是Robin。

Robin在信里说，“在相关性方面，网页搜索（PS）和搜索新产品（NS）团队都积累了不少研究成果，Ecorn不必再从头儿摸索，可以向他们请教。”邮件也抄送了PS和NS的相关人员。

子正皱了几天的眉头一下子舒展了，赶紧开始给PS、NS写信约时间

主动分享

一个人的知识与阅历再丰富，其覆盖面也总是有限的。如果每个人都能做到主动分享，团队的“智商”才会不断提高。

当面请教。谁知这信才写了两行，PS团队的邮件就跟来了：

听说Ecom的新项目也涉及相关性了，PS多年来在这方面有不少积累，包括分词等基本问题都有很好的解决方案，在xxx能够以基础库的形式直接调用；这些积累还包括一套能提高查询串与一段文本的匹配相关性的方法，具体是……

做相关性一开始可能会遇到xxx问题，还可能有xxxx困难，其中xxx是最重要的……

子正后来对团队里的工程师说，看到这封信，简直就像张无忌遇到《九阳真经》，“乾坤大挪移”的神功开始在他脑子里从一团虚无缥缈，转化成代码雏形。

这时，桌上的电话响了，是NS的一位经理打来的：“嗨，子正，你们也开始做相关性啦，我们当时做的时候，从PS那儿学来好多东西，我们又发展了一些，我们有个内部培训的PPT，你看你什么时候有空儿，我们给你介绍一下吧。”

“好啊，谢谢!谢谢!”子正非常兴奋，赶紧定了时间和会议室，在邮件里也不用过多地客套，直奔主题，约好大家一块儿讨论就是了。

开完会，子正激动地回信给Robin：“PS和NS的同事真是太nice了，他们提供的那些‘相关性’的经验教训，让我们感觉自己一下子站到了‘巨人’的肩膀上，现在我们对完成任务已经有了信心和思路!”

不久，Robin回信：“很好，Ecom在相关性方面取得的经验教训，也请主动拿出来和其他团队分享。每一次分享，都会使百度更快、更强。”

要问百度人这种主动分享的精神从哪里来，还得从七剑客时期说起。百度刚刚创立之时，Robin就把“主动分享”的习惯赋予了它。他常常跟大家讲：“无论你是获得了新的知识、教训还是遇到了困难，都应该拿出来与大家分享，不要让别人重走弯路，这样我们的速度才能更快。”

在Robin的带动下，百度人话都很多，早上，聚在小会议室吃油条、喝豆浆的时候，会嘻嘻哈哈带点儿自嘲地分享昨天某某写代码时犯的错；工作中突然遇到一个问题，卡住了，就去打扰一下身边的同事，一起辩个结论出来；独自在家时突然产生了一个重大的灵感，马上打开电脑梳理思路，兴奋地给大家群发个邮件请求拍砖……

这样的故事日复一日、年复一年地在百度发生着，于是，主动分享就成了每个百度人的习惯。

【职场真人秀】

你的，是我的，也是大家的

刘旸是一位2006年加盟百度的软件工程师，编代码是他在学校时就喜欢的事情，来了百度更是如鱼得水，喜欢钻研的天性使他经常会在别人完成工作回家休息的时候，仍然趴在电脑前做着工作外的工作。

一天，部门里召开代码分享会，看到大家都拿着各自得意的代码来讨论，第一次参加这个会的刘旸觉得自己作为一个新人还是应该低调一点儿好，就只拿出一段工作中写的很小的代码来。大家你一言我一语，有说好的，有提不足的。刘旸觉得很有收获，但心里也打起小九九：这样的会上，最好是拿自己不拿手的东西出来，一方面显得谦虚，另一方面，也能让自己迅速提高。

如法炮制了三个月，刘旸觉得自己进步很快，但每次还是拿最没把握的那段代码来会上分享。大家对此也没有太留意，只有项目经理注意到了这件事，知道刘旸并没有把自己最拿手的东西跟大家一起分享。

这天，经理发来一封邮件，请他一起去参加NSTC。

NSTC是什么？leader告诉刘旸，它是垂直搜索分技术委员会的简称，这个委员会上大家做的事情与其说是讨论与百度产品有关系的技术方向，不如说是纯粹的技术分享。“百度搜索引擎是一个庞然大物，而且膨胀的速度很快，它像一棵生长迅速的大树，每一个技术团队在他们专业领域上发展的技术就像是建在这树上的一个“小窝”。每一个“小窝”也在飞快地建设、演变着，每一天的建造的过程当中，都藏着无数独特的智慧。而这些智慧中也存在着许多共通性，是可以拿来和大家共享的。那么这个NSTC就是每个季度把NS部门里各团队组织起来天马行空分享智慧的地方。”leader

绘声绘色地告诉他，“这个‘NGO’（非政府组织），也是百度‘官方’非常重视的组织，而且，从一开始，就受到工程师们的热烈追捧。”

刘旸有点儿受宠若惊，这样的会，只有那些技术牛人，或是写出了超牛代码的人才有资格参加吧？leader怎么会想到让我去？

会议那天，刘旸终于明白了leader的良苦用心。被大家推选为第一任NSTC主席的辐敏在开场白中先是向所有参会者宣布了NSTC的原则：你的，是我的，也是大家的，有分享的心态，才会带来进步的空间。在这个会议上，他大开眼界，看到工程师们都是毫无保留地将当季自己团队中最闪亮的技术创新拿来分享，有很多技术点让他觉得像是看到了武功秘籍般兴奋。而它们都将被积累为百度技术库中的共有智慧。在这里，大家不仅将智慧与经验拿出来分享，也分享着自己失败的教训，为了让别的工程师不再走自己的弯路。

原来，leader把他带来是委婉地给他上了一堂主动分享的课，告诉他百度工程师们都会把自己最好的东西拿来分享，这个过程既是输出也是输入，大家都收获了很多。技术的交流让那些对大家有用的通用性技术被传播到更多的团队……百度自然就变得更快、更强了。

刘旸暗自惭愧，感觉自己成了耍小聪明，只知索取不懂付出的人。他没对leader说什么，但从此却像变了一个人。每当部门再搞代码分享会的时候，他变成了那个总爱拿着最漂亮、新奇的代码出来“炫耀”的人，谁知这样做不仅没有被人觉得不谦虚，反而有越来越多的人主动来找他交流。至于他那些代码，在大家你来我往的拍砖添瓦中，也练得越来越炉火纯青了。

松下员工共享“揉面”知识

20世纪80年代末，松下公司成立了烹饪器械部，旨在开发研制让人们“简单地获得营养和美味”的机器。经过研讨和论证，他们决定开发家庭面包机。但随着研发工作的深入，一道极难攻克的技术问题横陈在他们面前。

决定面包口味的关键，是揉面的技巧，而面包师傅们各有各的绝活儿，怎么能让这种专属于一个人的知识转变成可以大批量制造的机器呢？松下公司想尽各种办法，甚至请来知名的面包师傅，让他们揉出面团来，用X光机分析，但还是一无所获。

研发陷入僵局，时任软件开发主管的田中郁子突然想起，当地最好的面包来自大阪国际旅馆。田中郁子跑到这家旅馆，找到面包师傅，自愿以免费实习生的身份帮面包师傅打下手，想学会揉面技艺。

不知揉了多少面团，田中郁子做出的面包仍然远远不及面包师傅的作品。经过仔细观察，她终于发现，面包师傅除了常规的将面团向两边伸展的动作之外，还经常将面团扭成螺旋形，而这正是不为人知的秘诀。

田中郁子反复模仿和联系之后，终于熟谙大师傅的秘诀，第二个难题接踵而至：怎么把这样的手艺机械化?

田中郁子把设计师、工程师等各方面技术人员请到一起，边演示、边解说，不断重复。参会人员时而用手比画，时而绘图，终于找到了让机器完成“边扭、边拉长”这个动作的最佳方案。

随后，经过工程师们的创新研发，揉面的技巧终于具体化为如螺旋桨般，同时附有特殊的类似肋骨状的装置，这个特殊装置可以产生边扭面团边拉长的效果。最后再经修正后成功地研发出自动面包机。

由于其他公司无法开发类似产品，这部机器一经面市，立即占有了领导性的市场地位。

【最优化法则】

1. 主动分享不是一种技巧，而是一种精神。

如同比尔·盖茨所说，对信息和知识分享能力低下的公司是“智商”低下的公司。而你和你所在的团队里的其他成员一样，显然都不愿意在这样的公司工作。如果你们希望服务于高智商的公司，希望在参与项目的时候每个人都信息灵通、热情十足，那么你们就有责任发扬主动分享的精神，为了你们的公司，也为了你们自己。

2. 在同事遇到困难时，主动把你的经验和资源分享给他。

主动与同事沟通，关心他的工作进展状态，了解他需要哪方面的帮助。如果自己手头儿恰好有可用的经验和资源，就请毫不犹豫地主动分享给他。如果自己无法直接提供帮助，就与他一道分析问题，寻找可能帮助你们解决问题的同事和资源。

3.“把好东西交给别人，自己就会失去”的心态是一种彻底的错误认知。

你需要坚信知识共享的重要性，否则即便你自己再努力掌握知识也注定失败，这一切都是因为公司是以团队协作为核心运行方式的组织。力量永远不是来自于保密的知识，而是来自于共享的知识。

分享的过程，是自我成长和提高的过程。通过共享，你所拥有的知识不会减少，而会成倍增长，甚至是几何级数地增长。

4. 不是只有好东西才能拿出来分享，问题和困难也需要分享。

如果是着眼于团队利益和公司利益，那么你分享好东西时，别人不会认为你是在炫耀自己；分享问题和困难时，别人也不会认为你给他们制造了麻烦。当然，分享需要选择正确的时机，以及正确的心态。

【解决力自测】

你在一家生产并销售软饮料的跨国企业工作。最近，你成功地在中国市场上推广了这家公司的一种新产品，上司对你进行了嘉奖，并且认为你的经验有助于该产品在其他快速增长的市场上的推广。

不久之后，你收到了来自泰国和印度的同事的邮件，向你请教推广产品的经验。你希望帮助他们，但你意识到这会牵制你很大的精力。请结合“遇到新事物，先看看别人是怎么做的”以及“用流程解决共性问题”的思路，谈谈你打算怎样分享经验。

帮助别人，成就自己

“百度对这个社会最大的价值就是帮助人们最便捷地找到所求。这些人不仅包括我们的用户，也包括我们的客户，以及我们客户的客户。正是在不断帮助别人的过程中，百度逐渐发展壮大起来。”

【职场价值观】

在职场中，你要想获得别人的帮助，就要先想着帮助别人。这不是简单的等价交换，而是参与团队协作所必需的心态。这道理对个人适用，对一家公司更是如此：公司存在的意义即是帮助他人，为世界创造价值。

歌德有句名言：“你若要喜爱你自己的价值，你就得给世界创造价值。”一个公司的市值、股价和品牌，本质上源于它对推动世界进步、改善人类做了多少有益的事情。

为什么说“帮助别人，成就自己”？因为帮助不是一种单纯的付出。人与人之间的情感和利益关系，并非简单的一对一的“施恩图报”，而是在一个巨大的闭环中层层传递。你对别人的帮助，最终会在别处以另外一种方式给你回报。一个经常帮助别人的人，在改变别人的命运的同时，也在改变自己的命运。

如果别人将你视为伙伴，他将为你的成功而庆祝；如果别人视你为竞争者，他将为你的失败而欢呼。帮助别人，成就自己，把越来越多的人变成你的伙伴，让自己的存在为他人创造价值，你也将因此而具有价值。

【李彦宏实践】

2002年大年三十儿晚上，外面鞭炮噼啪作响，家里人一遍又一遍催着"快回来吃年夜饭了"，但是商业产品部负责人王湛的心思全然不在年夜饭上，他找了一个安静的角落，不停地打着电话。

电话是打给Robin的。原来，王湛刚接到了一个百度推广的客户小刘的电话，小刘是做鲜花生意的，他在百度投放了八百元的广告费购买"鲜花"关键词，才不到两小时，就显示全花完了。要知道，这些费用，原来都够一天的推广了。正在春节鲜花热销期间出现这种情况，小刘非常着急，连忙打电话过来询问究竟是怎么回事。

根据经验，王湛判断这很可能是由于该客户的竞争对手的恶意点击造成的，但时值春节，工程师基本都已经放假回家，一时没法从技术方面追根溯源。但是客户的问题又一刻也不能耽误，于是王湛马上拨通了Robin的电话。

"今年情人节与春节挨得特别近，鲜花的搜索量目前确实很大，但目前的关键词点击消费量确实有点儿高得离谱。"王湛急切地说。

"搜索引擎本就是帮别人做成生意的，帮到了别人才能成就我们自己。我们要首先把人家的损失补回来，前面的点击都不要计费了。"Robin当机立断，"如果客户愿意续费，他每续一百元，我们就给他账面充四百元，保证他的推广预算维持在往常合理的水准上。"

很显然，Robin建议的措施远远超出了客户的期望，客户非常满意。节后，Robin和王湛一回北京，就马上组织工程师查明了问题。

帮助别人，成就自己

大年三十晚
嘟嘟……
快来吃年夜饭了!
商品产业部负责人：王湛

我刚刚接到客户的电话，他在百度投放的鲜花广告出现了问题。
但现在正在放假无法查找故障原因。
我们首先要把人家的损失补回来，前面的点击都不要计费了。
如果客户愿意，他每续100元，我们就给他账面充值400，以保障推广。

Robin 建议的措施远远超出了客户期望，客户非常满意。
感谢百度
节后回京后，就马上组织工作人员查明了问题。

搜索引擎本来就是帮别人做生意的，帮到了别人才能成就我们自己。

【职场真人秀】

培养自己成为“盲人”

这几天，北分的陈义遇到了一个特殊的新客户——陈燕。陈燕是全国第一家钢琴调律公司的创办人，同时，她还是一位盲人。残疾人创业，难度可想而知。陈义也算是经验丰富的老销售了，但这次老革命遇到了新问题，过去的常规做法好像都不太适用，如何帮助他们拓展业务？他陷入了苦思冥想。

但多年的销售经验还是帮助了他，要帮助客户，首先要了解他们，最行之有效的办法就是感同身受，最好能成为他们。怎么办？自己先成为“盲人”吧。

得知陈燕曾写过一本书，陈义马上找来翻阅——《陈燕耳边的世界》，看着看着，他似乎进入了一个新的世界。虽然这个世界没有光亮和色彩，但同样丰富、同样充实。也许正是因为失去了看世界的机会，盲人的听觉更加灵敏，更加细腻，看着书里的描述，他似乎能感受到陈燕心中的韵律了。陈义还通过百度找到不少盲人社区，了解同盲人沟通的知识技巧，并据此把平时通过电脑屏幕演示的业务特点说明，重新梳理成一套盲人能够听懂的、更生动的语音文件。

通过几天的突击，陈义认为他已经是一个可以看见光明的“盲人”了，他按照自己的理解设计出一套全新的推广方案，并亲自来到陈燕家，把推广计划一点点讲给陈燕听。本来只需演示半个小时的PPT，他耐心地给陈燕讲了几个小时，陈燕边听边点头，又提出了一些自己的意见。陈义回家做了精心修改后，得到陈燕的高度评价，她非常爽快地签了单。

推广上线后不到一个礼拜，陈义的电话响了，是陈燕。陈义马上关切地问：“是不是在百度推广上遇到什么问题了？”

电话那头传来陈燕爽朗的声音：“没有问题，我是特意打电话告诉你，上线几天来，推广效果非常好，我接到很多咨询电话，已经有了好几份订单，真是太感谢你和百度对我的帮助了！”

又过了几天，陈义又接到了陈燕的电话，依然是熟悉的热情：“我的几位盲人朋友看到我推广的效果这么好，都纷纷要求我介绍经验，我告诉他们是百度帮了我的大忙，这不，他们都要我介绍跟你认识呢!"

握着这份沉甸甸的信任，陈义觉得自己的工作得到了最好的回报。

逃生实验

在一个国际学生竞赛中，有这么一个测试：一个细口瓶中装了三只不同颜色的球，每只球都系着一根绳子，每个代表队派出三名选手组成一个团队，分别牵住三根绳子。主办者说明，这是一个假设的困境：瓶子代表一条“船”，球分别代表三名选手，三秒钟内“船”将沉没，而哪一组能先将瓶中的球拽出来，就代表逃生成功。

很多国家的代表队都失败了，大家一起拼命拽绳子，结果挤在一起谁也出不来。这时轮到了三名中国女生，她们先凑在一起小声了一下，发令“开始”后，只见她们有条不紊，第一个、第二个、第三个，三个小球鱼贯而出!大赛组织者兴奋地宣布：中国选手找到了破解的办法，取得胜利!

其实，这不只是实验。在最近的王家岭煤矿透水事故中，救援队员还告诉《京华时报》的记者，他们发现在救起的被困矿工中，每一小组被困人员中总有一两名年龄稍长、有威信的带头人，“带头人在工友们被困的这段时间起了主心骨的作用，比如，在安排升井的过程中，总会有带头人站出来说话，而他们却都在最后一批离开”。

在这次危机中，“带头大哥”们让我们认识到，帮助别人不但能成就自己，还能挽救生命。

【最优化法则】

1. 相信职场中有比竞争更高的境界，那就是共赢。

很多人都看过那个经典的两难问题：一天夜晚下着大雨，你正在开车，路过车站，看见了三个人在等车——一个是垂危的病人，一个是救过你命的医生，还有一个是你心仪已久的人，但车只能载一个人，你会怎么做?

最为人们肯定的答案是把车给医生，然后自己陪着爱人等车或者干脆步行。这就是最生动的“共赢”。

职场中同样如此，这其实讲的是阳光心态，态度决定一切。抱着阴暗心理去看竞争对手或困难，自然难上加难。而打开心扉，相信别人，理解别人，你的办法会更多。现代人设了太多的防人之心，但这真的能使你更少地受到伤害吗? 或许只是让你失去了更多的朋友与机会吧。

我们常说态度决定一切，就像上面那个故事，只是稍稍变个角度，一个走入死胡同的问题就会发现很好的解决方案。帮助别人，不仅需要热情，也需要智慧。

2. 你的每一个行为都将最终成为别人对待你的方式。

与人方便，自己方便。关于这一点，有一个很经典的故事：一位盲人夜间行路，自己打着手电筒照亮，有人不解地问：“你一个盲人打手电走路，这不是多此一举吗?”这位盲人的解释却别具一格：“我打手电不是给自己照路，而是让别人看见路、看见我，就不会撞倒我，其实也是给我自己方便。”

在工作中，有的人相信同行是冤家，对同事暗地里设障碍，但是日久见人心，长此以往，他就会变成真正的孤家寡人，在事事讲究合作的今天，他又能走多远呢?

3. 无私助人是美德，但对于自私的人，则另当别论。

什么人最值得你帮? 最弱势的人，还是最有可能回报你的人? 正确答案是：一个上进且愿意帮助别人的人。只有这样的人，才能很好地“消化吸收”你的帮助，强大自我，从而达到架设人间互助人梯的效果，也才能将帮助传递出去，真正实现共赢。相反，那些自私自利，只知道一味求助，从不帮助别人的人，会破坏这种循环，换言之，他们不相信共赢，是规则的破坏者。

【解决力自测】

你负责一家公司的销售和客户关系维护工作。幸运的是，为了让你的工作更加顺畅，公司允许你给客户以折扣的权限。不巧的是，你只能给一位客户以折扣待遇。眼下，三家公司都希望你能让他们享受折扣，第一家是著名的大公司，你们的大客户。他们的代表对你说："我们是你们最大的客户，就凭这一点，你也应该把折扣给我们。"第二家是创业型公司，正在快速成长。他们的代表对你说："我们的业绩迅猛增长，将来一定会成为你们最重要的伙伴。"第三家公司规模较小，正陷入困境。他们的代表对你说："我们眼下必须降低成本，我们需要你们的帮助。"

你会把折扣给谁？为什么？

对事不对人

“组织内最有效率的沟通方法，莫过于实事求是、坦诚相待了。坦诚地说出否定意见，需要的不仅仅是勇气，还有一颗公正的心——只关注事物本身的对错，而不是根据这件事是谁做的来给出不同的评判；同时，也不要把对一件事情的评判直接引申为对人的评价。”

【职场价值观】

职场新兵最觉得自己难以把握的，往往是职场上的处事原则。而近年来，不少读物都在讨论“职场潜规则”，字里行间渲染出“职场险恶，谨言慎行”的气氛。这样的思维逻辑将误导职场新人走一段不小的弯路。

实际上，在职场上最有成效的处事原则，恰恰是简单、朴素的五个字：对事不对人。这既是提高个人工作绩效，快速达成任务的办法，也是建立坦诚、团结的团队氛围的手段。

工作中，意见相左的情况时有发生，有争执是好事，真理越辩越明，有价值的工作成果往往是在一次次激烈的碰撞中诞生的。在百度，经常出现的是会议室里争得面红耳赤，会议结束彼此谈笑风生的场景。大家习惯于“对事不对人”的氛围，一心一意从工作出发，绝不会因为争论而心存芥蒂。一个倡导“对事不对人”的团队，幸福感往往最高，绩效也会最好。

所以，越是思前想后，越是容易把个人感情与工作纠缠在一起，结果反而让简单的问题变得复杂。对事不对人，以阳光的心态面对工作和同事，将让你在高效率完成工作任务的同时，获得同事们的认可和信赖。

【李彦宏实践】

2002年，快速发展中的百度一方面要面对独立流量带来的用户，另一方面，还要为合作的门户网站提供搜索服务。当时，负责人Dan几乎天天都盯着百度服务器，因为每天承受的访问压力已经接近服务器极限，如果访问人数再增加，就会导致百度独立网站的服务不稳定，严重影响到用户的搜索体验。

恰恰这个时候，销售那边新谈成了一个门户网站，希望马上使用百度的搜索引擎服务。

Dan很犹豫，他知道这个服务不应该上，因为新服务很可能成为压垮百度服务器的“最后一根稻草”。但最后因为种种原因，Dan没能坚持到底，新服务还是上线了。结果，连续两天，百度网站的服务稳定性很差，用户在提出搜索请求时经常得不到正常的搜索结果，不得不紧急下线。

Dan惴惴不安了好几天，已经做好了挨批评的准备，他明白，以Robin的个性，是容不得这么大的纰漏的，从不发脾气的Robin看来要在自己这儿破一次例了……

Robin确实对这件事很在意，但是在例会上，他并没有对任何人发脾气，而是平静但认真地对Dan说，“你的职责就是保证百度的服务可依赖，所以这次事故你有很大的责任，要好好反思。”然后很快将话题一转，看着大家，说：“现在最关键的是怎么去解决这个问题，赶紧讨论一下。”

Dan说出了自己准备好的解决方案，Robin很认真地听着，时而点点头，他觉得这个想法考虑得很全面，然后很投入地和他一起讨论起其中的细节来。Dan心头原本重重的乌云渐渐散去。

会后，Dan看见Robin还是有点儿不好意思，没想到Robin却好像已

对事不对人

组织内最有效率的沟通方法，莫过于实事求是，坦诚相待。对事不对人，更需要的是一颗公正的心。

经忘了这件事，主动过来对他说："这个周末你有空儿吗？"看着Robin脸上那带着无限企盼的熟悉表情，Dan乐了，"你是不是又想把大家聚一块儿玩儿'杀人'了？""是啊，好久没玩儿了，你们不想玩儿吗？""早就想了！我去约人，这周末！"这下那个活力四射的Dan又回来了。

【职场真人秀】

一份review了三次的评估报告

"你们是不是不信任我啊！"一天，PM部门的新员工康新明冲leader委屈地吼了一声。

"没有啊，没有啊，我是对事不对人的！"leader同样委屈地解释说。原来，近日百度在日本有一个产品上线，由经验丰富的康新明负责评估。康新明的评估报告结果出来了，leader却让身在日本的百度日本副总裁再进行一下review。

于是，康新明心里犯了嘀咕："leader是不是不信任我，为什么找别人review我的工作？难道对这个分数不满，想通过review提高测评得分？还是因为上周我和他在会议上争论了几句得罪了他呢？"

leader没有多解释。日本方面的测评分出来了，居然还比康新明做的低了一大截！

leader和其他同事商量之后，觉得日本方面的判断方式可能存在偏差，又发回去让其重新评估。

一周后，日本方面的结果回来了，比第一次高了3%，可仍然比康新明给的低不少。leader开始琢磨，肯定是哪里出了问题。

于是，leader和其他同事开始一个case一个case地再重新评估，排除各方面的偏误，最后得出的分数，竟然比日本方面两次测评的中间值还要低！

leader最终提交了这份报告，也获得了开发部门的认可，成为工作调整的依据。康新明这才明白，leader只是在做应该做的事，根本没有针对自己，是自己误解人家，顿觉十分汗颜。

在百度的会议室里，每天都能听到有人在争论，直接反驳或争执得面红耳赤是常有的事，但出了会议室，大家不会改变融洽互助的关系，诀窍就在于，所有的争论都是对事不对人的。

梅考克的开除令

无论当事者与自己亲疏远近，都能从事情本身出发，才是对事不对人的态度。

因为发明了世界上第一部收割机而被称为“收割机大王”的西洛斯·梅考克，是美国国际农机商用公司的老板。他平时体贴员工，身边有不少为公司服务多年的雇员，一些雇员跟他有着很好的私交。

有一次，梅考克接到工厂负责人上报的材料，说一位跟了梅考克十年的老员工违反工作制度，酗酒闹事、无故旷工，还与工厂负责人发生了激烈的冲突。按照规定，这样的行为对应的处罚是开除。

梅考克接到材料，反复看了几遍，虽然难免犹豫，最后还是亲笔批示：“立即开除”。下班以后，梅考克去这名员工家里询问缘由。这名员工与梅考克有患难之交，当年梅考克的公司陷入危机、负债累累，这名员工宁愿仨月不拿工资。他怒气冲冲地质问梅考克：“你竟然因为这点儿事情开除我?”

梅考克平静地回应：“这是公司的制度，与你我的私交无关，我必须这样处理。”反复询问之下，这名老员工道出自己闹事的原因：他的妻子刚刚去世，留下两个孩子，一个孩子摔断了腿，住进医院，另一个还嗷嗷待哺，所以他才借酒浇愁。

梅考克十分震惊，他对这名工人说：“你现在回去给妻子料理后事，放心，我不会让你走上绝路的。”梅考克随即资助这名老员工渡过难关，然后安排他到自己的一家牧场担任管家。不论私交好坏，首先着眼于事情的本质。对事不对人，就是把全部注意力集中在工作上，不因为意见相左而对同事抱有成见，也不因为关系密切而对事采取双重标准。

【最优化法则】

1. 不要急于划清责任，用客观的眼光看待问题。

在遇到问题后，如果一开始就为“是谁的责任”而争论不休，最后一定会陷入声讨批判的困境中，矛盾极易激化，事情反而得不到解决。应该先把“责任”抛到一边，团队成员坐在一起，从事情本质出发，共同探讨解决方案。

2. 遇事先自检，严于律己，宽以待人。

很多事情的矛盾点都在于一个“你我之分”，人总会不自觉地偏向自己的一边。严于律己，宽以待人，遇事先自检，有助于对事不对人风气的形成。

3. 争论时慎用尖锐字眼，绝对不能进行人身攻击。

意见相左时，可以表达不同观点，争论起来也难免言辞激烈。但要时刻谨记争论的目的是为了推进工作的进展，并且一定要注意避免使用尖锐的字眼儿，更不能进行人身攻击。一旦空气中带有了火药味儿，也就宣告了事态在从“对事”向“对人”转变。

4. 抛弃成见，求同存异，心无芥蒂。

要允许身边不同意见的存在，不要陷入无止境的争辩之中，求同存异，以解决问题为根本目的。一旦事情得出结论，强迫自己将情绪清零，抛弃成见、心无芥蒂地投入到新的工作之中。

5. 对事不对人，不等于简单粗暴、不计后果。

虽然我们倡导在遇到争执或问题时，团队内部应该推行“对事不对人”的处事原则，但不要以为这样就可以简单粗暴地处理自己的语言和行为。

本着尊重别人就是尊重自己的原则，多体谅他人，尽量减少无谓的争端，才有利于工作开展和团队建设，才是真正的“对事不对人”。

【解决力自测】

小A已经是连续三次在会上公开反驳你的观点了，虽然说的有那么点儿道理，但还是令你很不爽。碰巧又有新项目需要你来参与，是你梦寐以求的锻炼机会，但项目组里还有小A。这个时候你该怎么做？接受这份新任务吗？还有，怎么和小A在以后的工作中相处呢？

征服你的
上司，而不只是服从

问题驱动

用户需求决定一切

让数据说话

不唯上

高效率执行

证明自己，用结果说话

问题驱动

“我们的每一步都应该是在解决问题的过程中迈出。当一个新的idea产生的时候，请先问一下自己，做这件事我能解决什么问题？然后，又会出现什么问题，如何解决？如果一个创意不能解决任何现实存在的问题，它就没有实现的价值。”

【职场价值观】

“问题驱动”的核心，其实是“用户需求决定一切”，其精髓是用户意识和市场意识。这一条要求职场新人们从解决用户的问题，满足用户的需求出发，去思考手头儿正在进行的项目、刚刚产生的创意到底有没有价值。

初入职场，你往往会经历这样的情况：自己为一个新idea兴奋不已，而当自己把这个想法说出来，试图获得同事或上司的肯定时，他们却怀疑你的idea的价值。不要为此而感到沮丧，因为你的上司和同事只是习惯了问题驱动的思维方式。

问题驱动是一条路径，它把你的灵感与公司的发展联系起来，它让你所在的公司的成长与市场需求的方向吻合。一个鲜为人知的事实是，百度上市以后，李彦宏花费了很多精力来“kill ideas”，他的原则就是，一个有价值的idea必须能解决用户现存的某个问题。

问题驱动也是帮你提高判断力的重要手段。实际上，当机会一大把、可以选择的方向很多时，人的判断力才最容易失效。不断反问自己“这个想法（项目）到底能不能解决用户的问题，解决了什么问题”，这种思维习惯也能让你找到正确的方向，获得超乎常人的判断力。

【李彦宏实践】

在百度技术部里，每年都会有很多听起来极炫的项目被kill掉，为什么呢？原因都是一个——过不了Robin“这个产品到底要解决什么问题”这一关。

因为资源是有限的，可以做的事却是如此之多，百度之所以一路前进，正是因为每个项目都是在解决问题中应需求而生的。一个项目被提出时，如果并没有一个急需解决的问题做“后盾”，多半就会被束之高阁。

阿拉丁项目在百度的技术与产品部门立项后，2008年6月到了向Robin汇报的环节。

技术总监王梦秋知道Robin一定会像往常那样首先问“这个产品要解决什么问题”，所以不等他问，便直截了当地说：“产品部门的同事发现，到百度输入关键词的用户很多时候是想寻找网页以外的资源，如图片、视频或MP3等。他们已经做了四年左右的研究，通过这个项目的实施可以将百度垂直搜索产品中的结果都整合到大搜索的结果之中，让用户更快地找到所求。我们认为，现在，是调整技术方向的时候了。”

“可以啊。”Robin听了非常感兴趣，但接着又问，“可是百度平台上制造的内容非常有限，把我们的内容都纳入之后，还是无法满足用户的需求怎么办?”

大家一时没有想到办法，一阵小声的讨论过后，目光汇聚到Robin脸上，他似乎已经有了答案。果然，Robin说：“我给你们出个主意，我们可以再想远一步，开放后台系统，让整个互联网里好的资源都能接入进来。”

这个宏大的想法出乎在场所有人的意料，技术部的同事们眉头紧锁：“那么我们的质量怎么控制？又该如何进行审核呢？”Robin把视线投向首

问题驱动

我们通过阿拉丁项目的实施，将百度垂直搜索产品中的结果整合到大搜索之中。
这样用户可以更快找到需求。
可以啊。可百度平台上制造的内容非常有限，
把我们的内容都加入还是无法满足需求怎么办？
啊，这个……
我给你们出个主意。
开放后台系统，让整个互联网里好的资源都能接入进来。
结果，阿拉丁让百度在奥运期间冲上了新高。于是这个项目进入了全面大规模的开发。
如果用户要找的不是内容而是应用或者是在非PC平台上提出需求，怎么满足呢？
这……
我想我们这个框的背后提供的应该是一个计算，通过瞬间完成的海量计算。
将人们真正需求的结果——而不是中间步骤，直接丢给他。
这就是著名的“框计算”。Robin深入了解用户需求而提出的一个个问题也将百度的技术带向新的领域。

席产品架构师孙云丰："那是PM的工作，现在的第一要务是要把这个创新的想法落实下去，看用户的反馈。"

眼看奥运将近，梦秋和云丰决定就以此为契机做一次尝试。于是，在奥运期间，用户通过百度搜索相关关键词时，体验到了百度的变化——会优先出现金牌榜、比分、图片等结果。试验的结果是，用户非常喜欢，百度的流量在奥运期间冲上了新高。于是，历经四年的这个创新想法终于进入全面大规模开发。

时间到了2009年7月，"阿拉丁计划"推进顺利，在一次产品汇报会上，Robin的问题又来了："经常有朋友对我说：'你们搜索引擎什么时候才能无处不在，而且要什么有什么，回答得出我所有的问题呢?'我们的'阿拉丁'就是想让用户要什么有什么，但我们现在只是进行了资源的整合，如果用户想要找的不是内容而是应用，或者他们是在其他非PC平台上提出需求，比如手机、电视或公交车站上，怎么满足呢?"

这个问题切中了要害，也打开了另一扇通往更深入探索的门。产品和技术部门的同学开始七嘴八舌地讨论起来，有人说，可以将百度的搜索框嵌入各种介质，让框无处不在；有人说，可以在开源的平台上建立应用；等等。

讨论的最后，Robin说："我想，我们这个框的背后提供的将不再只是一个spider，而是一种计算，通过瞬间完成的海量计算，将人们真正需求的结果——而不是中间步骤，直接丢给他。也就是说，让搜索引擎抓取的范围从可搜索资源扩展到应用；从PC平台扩展到其他平台。"这，就是后来他在2009年百度技术创新大会上引起全社会广泛关注的互联网发展新理念——"框计算"。

原来，Robin的大脑早就被这一系列的问题所驱动，走到了技术发展方向的更深处。他深入了解用户需求而提出的一个个问题也将百度的技术带向新的领域。有了明确的方向，研发的发动机便飞快地运转起来。

【职场真人秀】

实时搜索究竟怎么做？

当Twitter刚刚在全球掀起微博客的热潮时，网页搜索产品部门就有人觉得微博客注定也会在中国流行起来，并主张百度也进入这个领域，提早布局。而那时候，中国还没有任何网站关注微博客，但经过一番问题驱动的讨论和调研，产品部门最终否决了这个提议，并将注意力锁定在真正解决用户所需的实时搜索上。

当时，这个问题在网页搜索产品部内部引发了激烈的争论。一位眼光犀利的同学主张："微博客肯定会在中国流行起来，咱们也应该赶快做一个。"

接着，有同学反问："做微博客对搜索引擎的价值是什么？能为我们解决什么问题？"

答："能解决实时搜索的问题啊，实时搜索肯定是有需求的。"

又问："在中国，微博客能为我们提供公众普遍感兴趣的实时信息吗？"

答："应该能吧，我们调研一下。"

调研的结果显示，在中国做微博客，能收集到一些有价值的信息，但比例不会很高。因为微博客能提供的信息中，绝大部分是类似"我今天吃了……"这样的个人分享。

于是产品部门继续追问："那么我们在中国能否找到其他资源，为实时搜索提供支持？"

大家找到的答案是有——比如贴吧、论坛等，无论是百度贴吧，还是各地的一些知名论坛中，都聚集了大量"意见领袖"，愿意将实时的新闻在那里与群体分享，在这方面，中国的情况远比国外发达。而且大家在调研中还发现，在中国，这种群聚网上平台分享出的实时信息，比个人发表的内容更容易接近真实，大家你一言我一语，可以补充完全一个新闻事件的各个方面，使错误信息得到纠正。

最后产品部门得出结论，这件事情的讨论重点不应该放在我们是否要自己做微博，而是应该去考虑如何利用互联网上和百度已有的资源，把实时搜索做起来。

于是，赶时髦做微博客的想法被否决之后，一个囊括了贴吧、众多知名论坛和国内新兴微博网站的实时搜索产品项目终于在产品部门立项了。

让人们随时随地找到可口可乐

1981年，郭思达（Roberto Goizueta）出任可口可乐CEO，当时，可口可乐正身处最困难的一段发展历程：市场份额的拓展步履维艰，百事可乐在身后穷追不舍，已经开始蚕食可口可乐的一部分市场份额。

郭思达的下属、其他的公司高管们纷纷对此感到忧虑，他们把全部精力集中在如何与百事可乐竞争，夺回市场份额上面。

但在郭思达心中，已经为可口可乐未来的发展制定了新的战略，他打算说服这些高管，把注意力放在问题的本质上。在一次高管会议上，郭思达提问："全球四十四亿人每人每天喝掉多少液态饮料?"

"六十四盎司。"有人回答。

"那每人每天喝掉的可口可乐又有多少?"郭思达继续问。

"不到两盎司。"

"除去可乐，人们还喝什么?"郭思达穷追不合。"水、咖啡、牛奶、果汁、茶……"有人回答。这时，一些高管开始明白他的真实目的。果然，郭思达立即宣布：我们不要着眼于跟百事可乐争夺市场份额，而是要在人们选择其他饮料时，可口可乐公司也能提供。

从那之后，可口可乐放弃了在可乐市场一争高下的目标，而将目标锁定在满足人们对所有饮料的需求，占领人们肚子里所有饮料的市场上。可口可乐公司开始生产纯水、果汁、茶饮料、咖啡和乳制品饮料。

郭思达进一步推进他的策略，在每条街道、每家商城甚至每幢大厦都摆上可口可乐公司的贩卖机，让人们在想喝点儿什么的时候，身边就有可口可乐的贩卖机和各种类型的饮料。可口可乐的新产品上线大获成功，增长迅速。可口可乐在美国软饮料市场的份额从1980年的35%上升到2005年的43%。1997年10月，郭思达在CEO位子上去世时，股价从1980年的三十五美元一路上涨到超过五十六美元。

【最优化法则】

1. 产生新的想法和创意之后，第一时间自问：这能解决现存的什么问题？

你需要透过纷繁的现象，直取核心。产生想法的原因不应该是别人也这样做了，让你兴奋的也不应该是这个想法有多酷，而仅仅应该是这个想法能真正地为用户解决现存的问题，为用户创造价值。

2. 进一步问自己，这个问题是当下最紧要的吗？

当确认自己的想法、计划和创意能解决用户的问题时，你需要进一步评估其价值。追问自己：我的想法、计划和创意是否能解决主流用户关注的问题？他们有多关注？我所能解决的，是他们眼下最关注的问题吗？我所能提供的，是他们不可或缺的价值吗？

3. 让核心问题充分暴露。

当无法确定本质问题时，可以让自己冷静一下，让事态进一步推进和演化，也可以在可控的小范围内进行试验，有时问题会自然而然地暴露出来。问题的暴露无疑有利于问题的解决。

当然，与同事进行讨论、辩论甚至争论，也能加速核心问题的暴露，听取同事的意见和建议，能让你更加精准地把握新想法、新计划的价值和实施的方向。

4. 习惯于通过一个又一个问题完成产品和服务的进化。

要习惯于这样的情况：问题是无穷无尽、层出不穷的。一个问题解决之后，不要以为从此万事大吉，而应该继续关注其发展，因为新的问题很快就会出现。

当发现新的问题后，重复1～4的步骤，你会发现，你的产品和服务会因此而迅速迭代，不断进化。

【解决力自测】

你在一家初创的视频网站工作。市场上已经有几家视频网站，他们提供的产品比较接近，包括热门影视剧、新闻类和用户主动提供的各类自拍视频，这个市场竞争非常激烈。你的老板让你在两周内制定一套产品发展规划，你打算按照什么样的步骤完成这个任务？

用户需求决定一切

“如果你的技术是不被市场所需求的，那么它的价值就会很低。不要为了自己的喜好或虚荣心而开发炫酷的产品或技术，决定一个产品好不好，一个技术是否有价值的，永远是用户，他们有需求，你就做，他们没有需求，你就不要做。”

【职场价值观】

这一条提供的，其实是一种思维模式。决定公司兴衰成败的根本是能否抓住用户需求，而决定员工浮沉起落的根本，是公司能否健康发展。

一名员工如果有了对市场和用户需求的敏锐洞察，就能轻易判定工作中的方向和取舍。这样不仅能以结果为导向出色地完成工作，也能逐步建立企业所有者意识，让个人利益与公司利益吻合。在自己的意见与同事和上司相左时，如果你的观点是基于用户需求的思维，就更容易征服你的上司和同事。

“用户就是上帝”是很多人挂在嘴边的一句话，也被很多企业奉为圭臬。但是，这句话虽然阐述了用户的地位，却并没有说明：用户为什么是上帝？

何谓上帝？在宗教中，他被称为造物主，世界和人类因他而起。没有上帝就没有世间的一切。为什么说“用户决定一切”？因为需求是创造的原动力，作为需求的创造者，用户自然享有终极地位，形象地说，好似“上帝”一般。

商业的本质是满足需求，赢利只是副产品。一个本末倒置、只重利不重用户的公司，既是反商业，也是反上帝，必然被时代所淘汰。

【李彦宏实践】

2003年，美国最大的卫星图像供应商通过关系找到百度，希望向百度提供优质的卫星图像，帮助百度建立一个自己的卫星地图引擎系统。

工程师小H知道了这个消息，觉得很兴奋。那时，百度最大的竞争对手Google在美国刚刚推出“Google Earth”没多久，其使用的也正是这家卫星图像供应商提供的卫星图像。Google Earth”是该年度全球最“酷”的产品之一，受到无数专业粉丝的追捧。

从技术的角度来看，有了供应商提供的高质量卫星图像原始资料，开发一个类似“Google Earth”的卫星地图引擎系统并不复杂。小H连夜趴在电脑键盘上奋指急击，给Robin写了一封长长的电子邮件，希望公司尽快跟美国卫星图像公司签署相关合作协议，尽快上马该项目。

Robin也立刻给他回复了邮件。但是，出乎小H的意料，Robin并没有同意他的建议，Robin在邮件中写道：“卫星地图引擎虽然很酷，但其实人们只是觉得新鲜，新鲜劲儿一过，大家用的就很少了。我们不会仅为吸引眼球开发什么炫酷的产品或技术。我们更多的是关注用户在找什么类型的信息，以及百度的产品和服务能否满足他们的需求。百度与别的公司不一样的关键地方，在于百度的技术开发理念是listen to the users，listen to the market，况且开发卫星地图引擎对百度技术实力的提升也没有什么帮助。”

Robin经常说，百度永远鼓励创新，但创新一定要基于用户的需求，有切切实实大规模的用户需求，你就做，只是满足一小部分用户的需求，创新的意义就不是很大。发展到后来，在百度PM中有一条不成文的规定，

用户需求决定一切

卫星地图引擎虽然很酷，但新鲜劲儿一过，大家用的就很少了。

相比之下，我们更多的是关注用户在找什么类型的信息，以及百度的产品和服务能否满足他们的需求。

listen to the users, listen to the market，是百度的技术开发理念。

你有多高的技术，多专业的出身不重要，重要的在于你是不是用户肚子里的蛔虫，能清楚知道用户的需求是什么。

“用户需求决定一切”，这是Robin亲自为百度定下的最高行动纲领。

你有多高的技术，多专业的出身不重要，重要的在于你是不是用户肚子里的蛔虫，能清楚知道用户的需求是什么。

“用户需求决定一切”，这是Robin亲自为百度定下的最高行动纲领。

【职场真人秀】

对不起，那可能并非用户所需

2009年，汇聚李彦宏十年来二十九条商业智慧的《壹百度》第一版面市了。它很受网友欢迎，而且迅速登上当当新书排行榜的首位，百度的网友也迅即为它编写了词条。

百度内部沟通部负责出版物工作的同事看到这个词条很兴奋，就想，既然找《壹百度》的人这么多，能不能通过阿拉丁平台让搜索“百度”的人在结果第一页就看到这个词条，从而让更多人了解《壹百度》呢?

于是，内部沟通部的丽芳写了一封热情洋溢的信给网页阿拉丁组的同事文欣。

“文欣，这本书里凝聚了Robin十年来的管理精华，这本书的标题里有‘百度’二字，如果能在‘百度’这个关键词的搜索结果第一页上出现《壹百度》这本书的百科词条，推广效果一定很好。所以我们想借助阿拉丁平台将《壹百度》的百科词条整合进搜索结果中，请您协助。”

无巧不成书，恰在同一天，内部沟通部的另一个team，负责百度官网的晓晨也给云丰发了一个申请，她申请的是将新改版的“关于百度”网站通过阿拉丁平台收录进“百度”关键词的搜索结果首页。

云丰的邮件很快发回来了，他首先很干脆地拒绝了丽芳的申请：“对不起，《壹百度》按照自然算法不能排入搜索结果首页，同时，经过数据分析，大多数用户搜‘百度’，并不是想找《壹百度》的百科词条。所以用阿拉丁做调整也是不合乎用户体验的做法，我们不能答应你的这个请求。”

而对于晓晨的请求，云丰的回复则是：“‘关于百度’按照自然算法权重不足以排到第一页，但是考虑到不少用户搜索‘百度’确实是想找百度官方网站，所以可以用阿拉丁来处理一下，这是合乎用户体验的做法。但是如果经过一段时间，数据不支持用户需求的量级，系统还是会自己把它拿下结果首页的。”

没错，用户需求决定一切。百度的网页搜索结果永远是这样铁面无私。而这正是保证百度在中文搜索用户体验里始终保持第一的无价之宝。

研究过五十万顾客需求的地产巨头

普尔特公司是美国最大的房地产开发商，多年以来，他们稳固占据着美国房地产业的头把交椅。整个行业对普尔特公司的地位都十分认可，这是因为他们从公司创立之时开始，就把顾客需求作为最高指导原则。他们所进行的规模庞大的顾客调研和对需求的分析工作，在世界范围内几乎无人能及。这家世界地产企业的标杆在五十多年间不仅每年赢利，而且营收增长始终保持在20%以上。

对顾客需求的把握，成了普尔特的核心竞争力。这家公司从1956年创建时起就以顾客需求为主导。他们将市场研究提升到市场营销策略的中心，给予市场研究充分的预算，从迪斯尼、沃尔玛、克莱斯勒等看似与房地产业没有太大相关性的行业招揽来高级市场研究人才，成立了一个全新的市场研究部门。这个部门博采众行业所长，用饮料、娱乐、汽车等行业通常采用的手法来划分公司的潜在顾客群。

普尔特研究了超过五十万名顾客的相关数据，将全美国的顾客按照生命阶段和收入水平分成十一个类群，其中包括“初始购房者、“再购者”、“不断攀升的社会阶层”、“独立家庭”、“退休家庭”等。普尔特针对不同类群的顾客提供他们最青睐的住宅产品。如今，在购买普尔特住房的每两个业主中，如果再次买房，其中有一个必定还会选择普尔特，而且他们也极尽能事地向周围的亲朋好友推荐普尔特。

普尔特的几乎所有重大决策——包括购买土地——都要依据顾客需求分析做出。在考虑购买土地时，他们会彻底调查土地所在的州、城市甚至相邻小区的情况。普尔特会对土地所在地区的人口统计数据进行全面透彻的分析：他们希望在哪里居住，他们到底需要什么样的服务等等，根据分析发现空缺市场。当他们确定某一类型的顾客没有得到应有的重视，或者顾客需求远远大于供给时，就会果断买下土地。利用对顾客需求的分析，普尔特经常能买到被同行忽视的有价值地块，也能为不同顾客设计出他们真正需要的住房。

普尔特甚至以顾客需求分析的结果为指导，改造自己的供应系统。他们发现80%的购房者在地板、低碳和卫生洁具方面的选择都非常近似，他们就大胆缩小供应商范围，把提供给顾客的地板的选择从2000种减少为1250种，并且开始在全国范围内将所选择的产品标准化，大幅缩减与供应商的交易成本。

【最优化法则】

1. 做自己产品的忠实用户，获取第一手用户体验。

要打动别人，先打动自己。如果自己都不热爱、不使用自己的产品，很难想象你会让别人喜欢上它。一个生产者不亲自使用自己的产品，那就永远无法体会自己的产品有多好，更无法意识到自己的产品有多糟。用户体验的最佳办法，不是市场调查，也不是惺惺作态的客户关怀，而是实打实的使用体验。当你自己就是忠实用户时，你就能获得用户使用产品的一切喜怒哀乐，而这，才是改善产品和服务的最大动力。

2. 了解用户需求背后的需求。

一个客户打电话向一家PC厂商的售后服务人员求救，说安装软件时，屏幕总是提醒他按“any key”继续，可是他死活就是找不到“any key”，问售后这个“key”到底在键盘的什么位置。到底是用户“白痴”，还是我们的研发制造人员过高地估计了用户的智商？其实，永远是傻瓜产品最好卖，百度等搜索引擎的广泛使用，使人类进入了一个无须记忆的时代，而这将创造更多的“白痴”用户，我们凭什么骂人家？

海尔在得知农民抱怨他们的洗衣机不能洗土豆时，就没有嘲笑用户的“无知”，而是开发出了著名的可以洗土豆的洗衣机，成为一时美谈。有时，看似无理的要求可能恰恰是未被满足的需求，也就是商机。

3. 别以为自己的需求就是用户的需求。

有人经常把自己当做用户，从自己的需求推断用户的需求，这是对本条理解的典型误区之一。我们通常把这种情况称之为“自作多情”，比如牛顿给猫开门，给大猫开了个大门，给小猫开了个小门，最后发现小猫也可以从大门过。这一方面可以说他把简单问题复杂化了，另一方面也可以说没有弄清楚用户的真实需求。猫要求的是“通过”，而不是“专属的门”。

4. 不能抱持“唯用户论”，只要是客户提出来的就不加选择地接受。

这是对本条理解的第二种典型误区。因为这种理解走向了另外一个极端：“听风就是雨”，被用户牵着鼻子走，丧失了自我判断能力。用户的需求要被尊重，这是毫无疑问的，但是不是所有的用户需求都要被满足。不赢利的产品和服务，站在客户的角度是“高尚”的，但从商业层面看，却是非道德的。企业有满足市场需求的义务，但同时也有引导和教育市场的责任，这是商业常识。

【解决力自测】

小C不久前从外企跳槽到某著名本土企业，她非常不习惯，觉得同事们“太土”。比如说网址，她都习惯念“dot com dot cn”，可同事都说“点”com“点”cn，更有甚者，还有人念成“点c-o-m点c-n”的，同事说那是做客服的人的习惯，因为很多打电话来的人不懂英文。她非常不能理解，她觉得用电脑的人都是比较时尚的，不可能不具备这个常识，就算没有，也该教育他们，让他们明白正确的读法，跟国际接轨。你同意小C的看法吗？

让数据说话

“尊重数据就是尊重客观事实，数据有时也许片面，但它却诚实而不带情绪，因此可以排除一切人为的偏好因素，也因此让我们更接近真相。所以，请记住以下三条：第一，为一个伟大创意欢呼之前，请先用数据证明其可行性和对用户的价值所在；第二，一切工作的考核，都应以量化数据为标准；第三，数据面前，人人平等。”

【职场价值观】

初入职场，你难免担心自己“人微言轻”，而“让数据说话”是解决这个问题的最有效手段。利用数据为自己的观点提供支撑，能够让自己的观点更容易为人所信服，增强影响力。长期操行此道，你也将成为团队中的意见领袖。

在职场里，数据是最能衡量一个人、一个部门乃至一个公司效率的有力依据。几乎是在任何的工作背景下，用数据说话都是行之有效的工作手段。

初入职场的新人，往往对数据不敏感，缺乏用数据说话的意识。遇到事情，喜欢拍脑袋判断，或者习惯从书本上学到的理论中寻找依据。其实，数据是你最客观、最真诚的朋友，它同时具备实事求是、针对性更强、问题把握更透彻、工作效率更高的优势。从短期看，擅用数据说话，会使你的工作迅速“显得”成熟起来；从长期看，数据既能发现问题，同时还能给你解决问题的思路。可以说，用数据说话是职业化思维养成的第一步，学会和数据交朋友，你才开始向成熟的职场人迈进。

【李彦宏实践】

“我觉得这些数据很好地表达了用户对hao123的真实态度。看来，我们以前的做法都太想当然了。”在2008年年初一次例行的产品委员会的讨论上，Robin严肃地向大家提出了这个他观察了很久的“课题”。

2004年百度收购hao123这一网址站时，看中的是它是中国很多初级网民的上网入口，具有百万级的流量和巨大的名气，但是大家也认为技术含量不高的网址站只是一个阶段性产品。于是收购完成后，在hao123首页显眼位置放置了百度搜索框，希望能够让hao123给百度带来流量，将更多用户从hao123转移到百度平台上来。

但是，两年多过去，Robin每次看百度月度流量报告时都发现一件奇怪的事情：从hao123带来的百度的流量虽然很多且增长迅速，但hao123自身的流量也在节节攀升，两年来增长了近十倍，而且，每天都有好几万人在百度上搜索“hao123”。开始的时候也许是习惯，但两年里这种现象没有减少，这让Robin开始重新认真思考起这个问题——是不是也该推一下hao123，而不是强行将hao123的流量引到百度上来。

他让负责hao123产品的陈林进行一次深入用户的调研。通过一系列前期数据分析工作，这天，陈林拿出了一个令人吃惊的调研结果——“在中国，设hao123为首页的人，要多于设百度为首页的人！”在数字面前，Robin一下子意识到，在中国这个地区发展极不平衡的市场上，初级网民数还在快速增长，网址站还有很强的生命力。

于是就有了开头那一幕。“你们看，数据不断在告诉我们，很多人就是喜欢上hao123！”Robin很肯定地说道，“所以，我们应该换一种思路，

让数据说话

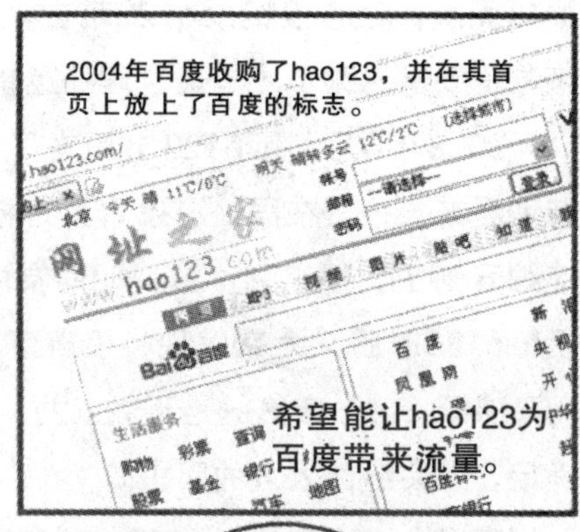

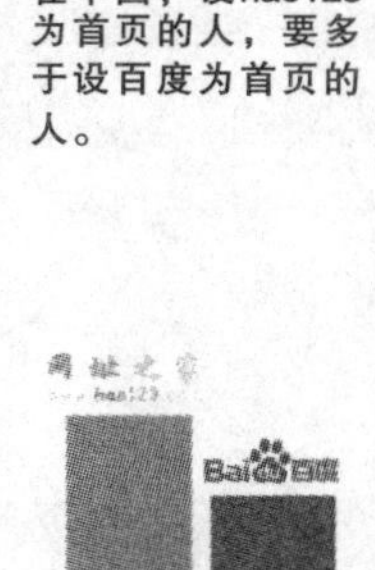

2008年6月,hao123出现在了百度首页。并在上线一个月时间蹿升到了首页八个链接产品的三甲之列。

而在百度首页有了hao123的链接之后，设百度为首页的人也多了起来。

尊重数据就是尊重客观事实。数据有时也许片面，但它却公正不带情绪，因此可以排除一切人为的偏好因素，也因此让我们更接近真相。

顺应民意，让百度给hao123带去流量!”此时，大家才恍然大悟，这听起来像是倒退的路子才是最合理的逻辑啊。

2008年6月，hao123出现在了百度首页。上线一个月，大家迫不及待地看结果——在同处百度首页链接位的八个产品里，hao123的点击量迅速蹿升到了三甲之列，这说明网友的需求被大大地满足了。而百度首页有了hao123以后，大家发现，设百度为首页的数量也快速增长起来。PM的同事感慨：“数字真的是不骗人的，用户用数字来表达他们的需求，一旦被满足，就会给你大大的回报。”

事实上，不仅是hao123，所有能上百度首页的产品，首先必经的，就是“数据”关，PM要拿出确凿的数字，证明它具备了上首页的“群众基础”和价值。

【职场真人秀】

一个小小的充值问题

2009年10月，百度大厦全面建成，开始了入驻前的各项准备工作。

行政部的张争负责一卡通的项目，新的员工一卡通不再仅仅是一张门禁卡，也是一张在百度大厦内的消费卡，在楼下餐厅吃饭或在小卖部买东西都要刷卡。

这卡里的钱怎么充呢？有人提议，干脆由财务每月发工资时把员工的餐补直接打到卡里，这样既方便，又能节省员工充值的时间，大家肯定都觉得这样好。

但是讨论这个环节的时候，行政部总监，也是大厦项目组组长的安民觉得不妥，“百度是讲究用数字说话的，我们认为大家肯定觉得这样好，有什么依据呢？还是应该做一次民意调查。”

历来的经验证实，要组织全体员工参加一项调查是比较困难的：百度推行弹性工作制，大家上班的时间都不太一样，而且用行政命令强行推进的做法也不符合百度的文化。但是，如果拿不到足够多的样本，数据就没有代表性。张争有点儿犯愁：“我们只能一个个地去找到每位员工，让他们当场表态，可是总部有三千人，实在不好操作。”

为了这件事，张争特意找到一个有调研咨询工作经验的朋友询问解决办法。他的朋友给他的建议是：“不用每个人去找，只要每个体系内抽出一支人数占10%左右的团队来参与调查就可以了。”张争的朋友对百度以数据说话的风格非常佩服，“用数据说话果然是百度最基本的文化之一，能做到不想当然地替员工做决定，你们这个民意调查让我进一步了解了百度。”

张争按朋友建议的方法搞了一次短平快的调研，在各个被抽调部门同学的大力支持下，结论很快出来了——在参与调研的二百多人中，只有33%的人选择直接将餐补存入卡中，57%的人则更愿意自己去充值，另外10%的人觉得无所谓。

“这个数字很说明问题啊，我们还是让大家自己去充值吧。”看了数据，安民很踏实地说。

威力巨大的数据

你可曾想到，数据可能彻底改变一个人的职业生涯?

美国人贝特格是一名保险营销高手，他拥有同行惊叹的庞大客户群体，在相当长的时间里，他的成交额都以令人难以置信的速度增长，这一切都得益于贝特格自己的数据分析，以及在数据基础上的决策。

早年，贝特格在保险业籍籍无名，还一度陷入困境，无法打开局面，成交额的增长极为缓慢。他变成了公司里“拖后腿”的人，这让他倍感苦恼。

一个周末，贝特格打算让这种困难局面做个了断：他在家里思考解决之道，并决定找不到打开局面的办法，就干脆改行。

他反复翻看自己最近一年来的业务笔记，突然之间，一个灵感迸发出来，他掏出笔开始计算。贝特格发现，自己的生意有70%是在首次与客户的洽谈中做成的；23%是在第二次洽谈中拿下的；7%的生意需要经过第三次、第四次甚至更多的洽谈之后才能达成。

贝特格茅塞顿开：让自己筋疲力尽的、狼狈不堪的正是那区区7%的生意!贝特格作出决定：他放弃那些需要洽谈三次甚至更多的生意，把所有精力用于开拓在第一次、第二次洽谈就能买保险的客户。几个月内，他的成交额就变成原来的两倍，而且持续增长下去。

更让人意想不到的是，NBA球队的教练们，竟然是依靠数据分析来决定每场甚至每小节比赛的出场阵容的。

较早采取这种做法的魔术队，利用一套数据分析系统发现：先发阵容中的两个后卫安佛尼·哈德威（Anfernee Hardaway）和伯兰·绍（Brian Shaw）的组合在前两场比赛中被评为–17分，也就是说，当这两个人同时在场上的时候，本队输掉的分数比得到的分数多17分！这并不是因为他们俩技术不过硬：当哈德威与替补后卫达利尔·阿姆斯特朗（Darrell Armstrong）组合时，魔术队得分为+14分。

魔术队立即决定选择后一种组合，并延长阿姆斯特朗的上场时间。果然，阿姆斯特朗得了21分，哈德威则拿下42分！魔术队最终以88：79战胜热队。依靠“数据战术”，魔术队在后面的比赛中再次力克热队。

【最优化法则】

1. 培养数据思维，养成定量、精准分析的习惯。

用数据说话听起来容易，在遇到具体情况却容易“一时想不起来”。这是因为，数据化思维是一种能力，很少有人天生具备，必须经过后天的培养才能达成。

培养数据思维，需要从一点一滴的小事着手，对待工作的每一个环节，都要留意和数据相关的资料，多看、多研习，建立数据的敏感性，养成定量和精准分析的习惯。久而久之，你眼中看到的就不再是一个个孤立的数字，它们有了意义，甚至可以讲故事，具备了指导决策的基础。

2. 找准指标，获得能说明问题的关键数据。

指标是数据的灵魂，和一件工作相关的数据指标往往不止一项，从中提取最能说明问题的关键指标加以分析，才能达到用数据说话的目的。

在一些经典的工作领域，如财务、测绘、消费……都有较为成型的指标体系，系统性地学习与工作密切相关的指标体系，有助于尽快作出判断，推动问题解决。

3. 找对方法，用合理、科学的手段获取数据。

获取数据的过程更多的依赖平日的工作积累，调研也是个常用的好办法。值得注意的是，数据获取环节的关键是真实、准确，如果这两点不能保证，其他的都没有意义。

4. 处理分析数据，使之准确传达观点。

获取数据后，接下来就是通过数据分析得出需要的结论。如果方法不得当，处理那些浩如烟海的数字本身就足以构成一场灾难。好在现代化科技手段可以大大简化这一环节，巧妙运用excel、spss以及各种统计分析软件，可以达到事半功倍的效果。

5. 用数据说话，切忌“唯数据论”。

用数据说话，讲求的是一种严谨而负责的做事风格，倘若误以为凡事只讲数据，不讲实际情况和市场变化，则会演变成“唯数据论”，由于过于教条而丧失了工作的灵感。问题是复杂多样的，本身的特性与不确定因素决定了凡事都不能一概而论。利用数据，让它为你的决策添加正确的砝码；而不要一概而论，让数据成为障目的那一片树叶。

【解决力自测】

公司引进了一家小超市，为员工提供日用品的零售服务，你是这个项目的负责人。最近陆续听到不少员工反映，超市的货品价格偏贵，要求撤换。这个时候你应该如何回应？接下来的措施又是什么呢？

不唯上

“一个有活力与创造力的组织，一定会鼓励一线员工坚持自己的观点并敢于直接表达——即便这可能有悖于某些上级或权威的观点。只有这样才能让每个人的专业性与责任感真正发挥出来，避免企业犯经验主义的错误。”

【职场价值观】

不唯上这句话如果说全了，应该是“不唯上，不唯书，只唯实”。因为层级观念在社会中无处不在，人们为了既得的利益和领导的赏识，天然地不愿意与“上”对立。正因如此，无论是为了社会的发展还是企业的成功，敢于大力倡导“不唯上”的政治家和企业家才是真正实事求是、有所作为的人。

一个极端的案例是文化大革命时期，毛泽东的接班人华国锋为了稳定形势和巩固自己的政治地位，曾在《人民日报》上以社论的形式发表了他的主政方针：“凡是毛主席作出的决策，我们都坚决维护；凡是毛主席的指示，我们都始终不渝地遵循。”

“两个凡是”一提出，即在党内引发了对真理的标准问题的讨论，尚未恢复职务的邓小平以大无畏的勇气和求实精神，提出了旗帜鲜明的反对意见：“‘两个凡是’不行。毛泽东思想是个思想体系。‘实事求是’是个重要的理论问题，是个是否坚持历史唯物主义的问题。”我们不否认毛主席是伟人，但再伟大的人也有犯错误的时候，所以唯上是一定会犯错的。

不唯上，说起来容易，做起来难。难道我们都应该不知天高地厚随便挑战上司和权威吗？当然不是！

不唯上是一种思维模式，是鼓励你独立思考，从一线或更专业的角度弥补上司的盲区，不做头脑简单的执行者，而是做上司的智囊。

任何一个上司都喜欢听话的下属，但明智的上司更喜欢有见解、有思路的听话的下属。因为他的头上还有上司和老板，他也是要靠结果说话的，如果你的建议对结果更有利，就会被采纳。

其实，敢于向上司说“不”，并不是“顶撞”上司，“无视”领导的无组织、无纪律行为，而是对公司、对自己，更是对上司更负责的一种态度。只要本着求真务实、实事求是的原则，把准脉搏，用结果说话，在客观事实面前，上司也会认可你、支持你。

【李彦宏实践】

2008年年初，百度的即时通讯产品经过几个月的潜心开发，即将面市。

崭新的产品需要一个响亮的名字才能一炮而红。关于IM产品的最终名称，却在这最后一刻引起了一番争论。意见可以分成两派，一派说，叫“百度hi”，吧，另一派说，叫“百度小声”吧。小A当时加入客户端软件部没多久，参加这场名字讨论会时，他心想，这还有啥好争论的，Robin不早就表态了么，他都在博客里对那么多网民说了，“百度小声是个不错的名字，我喜欢”，这相当于大老板拍了板啊。

但这场会议的讨论结果却让小A大跌眼镜——项目小组举手表决的结果是“百度hi”的支持率高于“百度小声”。这样百度IM的名称就最终定为“hi”了。

“Robin心里会不会不痛快呀。”小A私下里偷偷问Team里的老员工。“你以为Robin是国企的老总啊，在百度，Robin的意见也只是个人意见。”这句话，小A在别的地方可是没有听到过，他眼睛瞪得老大。

不唯上

2008年年初，百度IM产品即将面世。而IM产品的最终命名却引起了一场争论。
百度
IM

我支持“百度hi”。
我觉得还是“百度小声”更合适。

这还有啥好争论的，Robin不早就在博客里表态说喜欢“百度小声”了么。

我宣布，讨论会议表决的结果是——
将百度IM命名为“百度hi”

没有选中Robin喜欢的名字，他心里会不会不痛快啊?
在百度，Robin的意见也只是个人意见。

百度“不唯上”的文化正是Robin自己的坚持。
主页
博客
相册
虽然，“百度小声”是我喜欢的名字，但在百度并非我说了算，所以最后
一个有活力与创造力的组织，一定会鼓励自己的一线员工坚持自己的观点并敢于直接表达——即使这可能有悖于某些上级或权威的观点。

直到后来有一天，他看到Robin在博客里坦然地写道：“虽然百度小声是我喜欢的名字，但在百度并非总是我说了算，所以最后就叫hi了。”小A才算真的领教了百度“不唯上”的文化原来是Robin自己的坚持。

【职场真人秀】

实习生PK大牛人

当年，PM的小M来百度实习才三个月，就加入百度一个重要产品的秘密开发小组。这个小组一共八个人，几乎集中了PM包括俞军、孙云丰在内的最牛的能人，而第八个是这个实习生小M。

这个项目时间紧，任务重，要求高，小组经常开会研究问题。研究问题中，经常会有不同的意见，组员们又一个个特别能坚持自己的意见，所以，争得面红耳赤是经常的事，甚至，激动起来会“拍案而起”。小M开始有些受不了。她觉得她也该坚持自己的观点，后来坚持久了，没有办法表达了，也拍了桌子。她好像也没有管对方是谁，这个对方，当然也包括俞军。

这个项目就在争执与拍桌子的过程中，不断进展。由于这个产品百度做得比对手晚，所以原计划的目标是上线六个月后赶超对手。而结果呢，经过三个月的测试期，在它正式上线的第一天就成为了行业的No.1。回想起这个产品的诸多优点，小M发现，它们正是在当时一场场激烈的争执与拍桌子过程中撞击出来的。

这个产品，它的名字叫百度知道。

在百度，没有权威，只有事实。在事实面前，人人平等。

吃透市场，敢立军令状

许林东是湖北吉祥食品公司的区域经理。2006年，大区经理派他前去攻克位于四川的一个毫无优势的市场。许林东发现，这个市场上有两家经销商，同在一个批发市场，相距不到二百米，月累计销量居然不足一万元。

以他的经验，他用半个月走访了该地区十个县、市及较大的乡镇市场。最后他发现：

1.一个市场两个经销商经销公司同类产品，相互砸价，导致该市场价格混乱；

2.砸价导致无利可图，挫伤了经销商铺货、做市场的积极性；

3.经销商不愿意送货，削减了产品流转速度，一车货销售时间长达三四个月，影响了新鲜度；

4.现有两家经销商已不再关心该公司产品，力推其他公司利润丰厚的品类。使之处于自然销售、自生自灭的状态。

于是，许林东未请示领导，就做了一个大胆的决定：通过对市场的调研了解，在当地寻找新的经销商。经过筛选，他相中了一位孙姓老板，此人年轻有为，进取心很强，也正在寻找好的产品做代理。

可是当许林东兴冲冲向大区经理提出撤换经销商的想法时，大区经理眉头一皱："我让你去促进销售，没说让你换经销商。这两家经销商的情况我了解，都是我当年亲自经过反复调研开发培养起来的老客户，他们也曾在市场上为吉祥食品立下过汗马功劳。怎能不经过整改，说撤就撤?

许林东明白，经销商不换，市场不可能好转，但换，又明摆着是和领导唱对台戏，这可怎么办?

转回头，他找到那位孙老板又做了一次深谈，了解了他如果拿到吉祥的代理会用什么样的策略把市场做起来，这次深谈让他坚信没看错人，并得到孙老板"哪怕赔钱三年也要把市场做好"的保证。心里有了十足的把握，他再一次来到大区经理的办公室，他向秘书了解到大区经理当天受了上级表扬，心情很好，便大胆地走了进去，再次提出撤换经销商的申请。

上司见他再次郑重提出申请，态度和上次大不相同，他开始很认真地考虑这个问题，仔细看许林东拿来的调研报告并向他了解了这位孙老板的资历与以往经营的情况。然后说："那好吧，先撤一家留一家。让这个孙老板试试看。"见领导退让，许林东立下"军令状"：三个月后销量达不到三万元，我引咎辞职。

在精心策划与孙老板的全力投入下，市场果然逐渐好转，三个月后这个市场的月均销量达到了五万元。大区经理和许林东都受到了公司的表彰。

表彰会上，大区经理拍着许林东的肩膀爽快地说："你的判断很准确，那就把另一家也撤换了吧。"

【最优化法则】

1. 做判断的核心原则和标准，是使公司利益最大化。

如果你想在职业经理人这条路上走得长远，成为职场的宠儿，就请谨记一条：做任何判断的核心原则与标准永远是公司利益最大化。

想让自己的身价涨得比房价快，就要从踏入职场之日起让两条腿不断加长，一条是你的才干价值，另一条是你的信誉品牌，哪一条腿短了，都是走不远的。

2. 当你的观点与上司不一致时，要敢于当面说出自己的观点。

上司最痛恨的是什么？A.在自己发表意见时，下属当场提出反对意见；B.下属在会上不说，会后开小会批驳你的观点。

两害相权，相信任何人都会选B。因为在会上说，是讨论或者争论，在会下说就是议论。没有人喜欢被别人在背后指摘。所以，如果意见与上司不一致，请你一定要当面提出。事实上，在很多像百度这样的公司里，为了提高效率，更好地达成使命，上司们已经非常习惯于自己的下属直接表达观点，甚至相互据理力争。越是敢提出反面意见的下属有时候越容易受到上司的重视，因为你能弥补他视野与思虑的不足。

3. 想说服上司，首先要准备好足够的事实和数据。

上司所处的位置决定了他的视角比你高，他提出的想法总会有他的道理，而你比他强的，应当是在你自身领域上的专业知识或是处于一线积累下来的经验。那么，当你与上司的决定有不同意见，想提出不同意见的时候，一定要立足于你自己的优势领域，用事实和数据来说话。这样，既能很快直奔主题，让大家重视你的意见，也能使所有人的目光集中于事情本身，从而忽略掉上下级争论可能产生的尴尬。

4. 站在与上司共同的立场，选择合适的时机，以合适的方式提出。

如果你的反对意见没有当场被接受，而你仍然坚持自己的判断是正确的，那么你就要自己再下一番工夫，为自己的观点找到更有力的支持依据。然后选择上司时间比较充裕，有心情听你分析（最好是一对一）的时机，向上司再次正式提出你的意见。提出的态度可以柔和，但立场要坚决，而且一旦看到上司已经动心，就要见好就收，提出一个你的方案的结果。用结果说话，来强化自己的信心。

5. 无论是否同意，都要百分之百执行。

李彦宏提出不唯上，是希望每个员工都有一颗公正的心，对百度充满责任感，并不是让我们每个人都随意挑战上级，不听指挥。在方案的讨论环节，大家可以各抒己见，哪怕是对你的上司拍桌子，也是可以被接受的。而一旦方案被确定下来，进入了执行阶段，那就要停止一切争论，把精力集中在百分之百的执行上。

【解决力自测】

假设你是许林东，这一次，你的大区经理让你到另一个市场提振吉祥薯片的销售。你到了那里考察后发现，当地薯片市场已经非常饱和，有三家强有力的竞争对手，相比之下，在品牌、口味、物流等方面吉祥食品并没有太强的竞争力。但同时，你发现当地虾条市场的需求很大，但还没有形成竞争。而吉祥食品的虾条是一大杀手锏。所以你向上司汇报后说："建议放弃薯片市场，将主攻方向改为虾条。"

大区经理很不高兴，觉得你是完不成任务找借口，对你说："虾条可以搞，但薯片也要做到No.1。"这时，你该怎么办？

高效率执行

“在战场上，要想取得胜利，英明的将帅和具有顽强作战能力、能够迅速准确执行命令的军队缺一不可。在时间决定成败的互联网时代，企业也是一样，任何正确的决策是否能为企业带来优势，最终还是取决于整个团队，乃至每个人的执行效率。”

【职场价值观】

“要是从上班第一天就能用今天这样的效率完成任务，我至少可以少奋斗五年。”回忆起初入职场时的青涩，恐怕很多工作了十年以上的人都曾发出过这样的感叹。

原因很简单，因为执行力是所有那些实现了跨越的公司获得成功的共同秘诀。在任何一家企业里，对于CEO以下的任何一个人来说，执行力是你为公司创造价值的最直接表现。而这往往也是初入职场的人的不足所在。

我们经常会听到大家评价某人“能干”，要知道，上司和同事们评定一个人是否“能干”的最主要标准，首先就是看他有没有高效率执行的能力。如果说判断力是头脑，创新的想法是翅膀，那么执行力就是你的躯干和四肢。从攻克一道技术难关，拿下一个难缠的客户，推出一个抢占市场先机的产品，到带领团队完成一个跨部门合作的大型项目，无论你的判断力多么准确，你的创意多么新颖，如果没有执行力，一切只是空谈。在激烈的市场角逐中，对手每一天都在等着你打盹儿或犯错误，计划得再天衣无缝，如果执行不得力，错之毫厘或迟来一步，结果可能就会差之千里。

执行力自然就成了你能否迅速被提拔为骨干、担纲重任的必要条件。

同时，在世界上任何一家最成功的企业里，老板们每天最担心得不到、又经常会失去的，也正是高效率的执行力。

比尔·盖茨说，在未来十年内，我们所要面临的最大挑战就是执行。

沃尔玛总裁罗伯森·沃尔顿说，沃尔玛能取得今天的成就，执行力起了不可估量的作用。如果你希望成为一名优秀的CEO，或者希望将你的企业的挑战性目标变为现实，就必须依靠执行力。

马云甚至说，我宁可要三流的策划、一流的执行，也不要一流的策划、三流的执行。

可见，老板们有多么喜欢执行力强的人。而你的上司的执行力就取决于你，如果每次分配给你的任务总是不能按时完成，或是达不到他的期望值，那你就真的要小心你的饭碗了。反之，一旦某位员工在这一方面脱颖而出，很快便会被他的上司乃至老板视作不可多得的宝贝，敢把越来越重要的工作放心交给这样的人，获奖、升职、加薪也就成了他们的家常便饭。

那么为什么大多数人很难在初入职场的时候就具备高效率执行的能力呢?

一来是在心态上还没有担当感，总把自己摆在配角的位置上。二来是，学生时代容易养成懒散的习惯，做事拖拖拉拉，需要别人催着才能完成作业。这样的习惯一旦养成，很难迅速改变，在第一份工作的起跑线上，你就已经输给了高效率的人。第三是因为那个时候大多数人还没有掌握足够多可达成高效率执行的工作方法，遇到困难不会解决，导致执行不力。最后可能是由于你的判断力不够，走了太多弯路。

所以，请记住，无论你在从事何种工作，一定要开动脑筋全力以赴，将高效率完成任务当成第一目标。能做到这一点，你就永远不需要为自己的工作担心。因为世界上到处是散漫粗心、夸夸其谈的人，那些全力以赴的实干家总是稀缺资源。

【李彦宏实践】

2007年10月，百度宣布将进军电子商务领域。

Robin把这个担子交给了原来负责贴吧的李明远，对他说："一年的时间能让商城和支付工具都上线吗?"

李明远知道Robin从不开玩笑，如果他心里没有作出判断，是不会提出具体时间期限的，他盘算了一下自己事先核算过的项目时间，便回答："一年，如果人员到位，能做一个初级的上线版本出来。"

Robin鼓励他说，"这件事的难度我清楚，和我们以前做搜索有很多不同，你需要新建起一支队伍，希望你们能实现一次高效率的执行!"

是时，校园招聘刚刚结束，电子商务方面的技术人才在市场上很难找到合乎百度要求的，但军令如山倒，李明远在给团队做动员时说："我们要想尽一切办法去找人，项目上线的时间是死的，一定要按时完成任务。"

为了这一年之约，"有啊"团队几乎每天都要掰成两天用。他们的人数是竞争对手的1／8，而且相对对手已经累积了多年的技术优势和经验，"有啊"是一片空白。没别的办法，只有靠拼命三郎的精神去干，人家每天干八个小时，"有啊"干十二个小时；人家一周干五天，"有啊"一周干六天。

开弓没有回头箭，市场招商工作同步推进，全国范围的推介会一个个紧锣密鼓地召开了，先把框架与百度理念介绍给大家，相约一年之后商城入驻。日复一日，项目的工期就是这样硬生生地在与时间的赛跑中抢出来的。

众人的努力和高效，最终保证了"有啊"一上线就达到了竞争对手上线六个月时的pv量，也保证了每天经手的上千万资金的安全。短短十一个月，他们便以不可思议的速度完成了"有啊"和百付宝的零事故上线。

2008年年会即将来临，别的奖项都已名花有主，唯独这一年的总裁大奖还没有消息。该获奖的都获奖了，看着Robin平静的面孔，大家都认为："今年看来要空缺了。"

谁知，年会举办前一天，Robin观看颁奖环节彩排时悄悄叫来负责这

高效率执行

2008年9月，“有啊”进入了准备上线的最后冲刺阶段，大家也拼了。
有的员工甚至为此悄悄推迟了婚期。

在这样的努力下，“有啊”。一上线就达到了竞争对手六个月的PV量。也保证了每天经手的上千万资金的安全。

短短十一个月，他们完成了百度有史以来最复杂的产品——“有啊”和百付宝的零事故上线。

个环节的小琦，说：“请你们把电子商务团队从最佳团队奖项里去掉，我最后会给他们颁个总裁大奖。”看着小琦震惊的表情，他终于忍不住露出了一丝略带顽皮的笑容，问道：“他们如此高效率的执行，难道不该得个总裁大奖吗?”

在这一年的年会上，“有啊”团队被感动得稀里哗啦。当Robin突然宣布出这项总裁大奖，灯光伴着鼓点儿在全场终于找到他们，并追着李明远走上前台与Robin深深拥抱的时刻，一年的艰辛都化作了喜悦的泪水。

【职场真人秀】

一声令下，提前半年上线

“凤巢全面切换的时间就定在12月1日吧。”2009年10月18日，在百度副总裁以上高管参加的第四季度战略例会上，李彦宏出乎所有人的预料平静地宣布了他的决定。这比几分钟前沈皓瑜刚刚汇报的切换计划提前了半年。

“凤巢”又叫搜索营销专业版，是百度商业运营副总裁沈皓瑜牵头带领团队花两年时间，在全新的技术架构和算法规则基础上开发的新一代搜索推广管理平台。它改变了百度沿用八年且依旧是百度主要营收命脉的商业产品——花钱买排位的竞价排名模式，将搜索结果的点击率即该结果与用户搜索的相关性考虑进去，让那些被用户点击量大的推广结果会被自动提升排位。

这一句“全面切换”的背后意味着四百多万个关键词的重组搬迁，涉及与三十万个客户的沟通说服。用商业产品高级总监王湛的话说，“这是在高速行驶中换发动机，出一点儿问题，百度这车就会爆缸抛锚。”按凤巢团队的计划，要想将技术细节全面开发测试到位，同时使客服人员熟练操作流程，并完成对老客户的说服和培训，至少还需要四个月左右的时间。加上错开春节淡季的不佳时机，所以就确定了2010年二季度切换的计划。

在切换时间点上，大家经过激烈的争论，产品、技术、渠道、客服部门的负责人都从自己的角度提出风险，但李彦宏综合考虑了多方面的意见和形势后，作出了他的决定：12月1日全面切换，将痛苦结束在2009年。

百度决策的最大特点就是讨论时什么都可以说，但决策一旦作出了，就必须放下一切杂念，全力以赴以最高的效率去执行。

最辛苦的是任建斌带领的服务管理部和分布在全国的数千名来自代理商和分公司的客服人员。他们有三重任务，第一个是拆迁协调员，要苦口婆心地对客户讲解其中的利弊，以及百度为什么要做出121切换的决定；第二个是搬家工人，把客户在竞价排名系统里存放的几百万个关键词创意按新系统的标准装箱打包，然后再把它们美观合理地摆放在新家中；第三个是要继续接受处理新客户的订单跟进，其实原来他们只有这一项工作。

在给全体服务管理部召开的动员会上，任建斌激动地说："人一辈子能赶上这么一回，太幸运了。想想看，一个三十几亿元收入的公司的核心业务，在三十五天之内要进行天翻地覆的改变，范围之广，程度之深，复杂性之大，前所未有。把我们所有的力量拿出来，攻下这个山头!"

"时间紧，任务重，不能有闪失，怎么办，加班呗。"渠道部的总监巩振兵跟大家说。渠道就是没日没夜地加班，每天都得干十一二个小时，到了上线那几天更是连轴转。

产品团队为客服们制定了一套流程化的方法，按标准来区分客户，给每个客户打上标签。同时，有一套机制可以算出他们对百度业绩的影响，从而判断用什么样的方式给他们搬家。还开发了一些小工具让客服可以搬得更快、更准确。

是时，H1N1的阴影正在中国蔓延，感冒在百度凤巢的各个团队里是不能被容忍的。但秋冬交季又正是感冒的多发季节，人们每天都在相互提醒，"多穿衣服，多喝水，千万别感冒"。因为感冒已经不再是个人的事。

技术部传来好的消息，他们利用各种时间把原本被砍掉并没有列入121上线计划的一些小项目也都做出来了。

11月30日晚上是大战前最后一次会议，大家把所有的细节一一捋过，时间很快便已到了深夜。凤巢切换的总指挥、副总裁沈皓瑜坐在会议室的一端，拿着他的E71手机拍照片，他下意识地觉得应该记下这个时刻。他想起前不久刚刚看过的电影《This is it》中的一句话：Hit the highest note you can，it’s the time to shine，I’ll be right here with you.也想再说点儿什么做个动员。但他并没有说，因为他看到他们年轻的脸上都那样斗志昂扬，激励和动员看起来都是多余的。

那么凤巢切换后的结果如何呢？

2009年12月1日凌晨，凤巢团队终于成功地完成了带动三十万客户搬家，成功接替竞价排名的历史性变革。点击收入在短暂的下挫后，三周内便超出切换前的水平。李彦宏给他们的底线是当季业绩下滑不能超过7%，但凤巢最终交出的答卷却是同比增长38%。百度股票闻声大涨，从四百美元一路冲过了六百美元。

郭台铭先人一步

台湾鸿海集团CEO郭台铭在三十年前还名不见经传，如今却是叱咤风云的台湾科技枭雄。很多人不明白，台湾技术好、质量高的代工厂那么多，为什么像代工戴尔电脑、康柏电脑、Intel主板这样的超级大单都能被他轻松收纳囊中呢？

这，也许要从他被人比作德国铁血宰相俾斯麦的雷厉作风说起。

多年前，一位美国大客户到中国台湾考察。几家电脑公司都想争取到这个客户，都做好了迎接的准备。

客户到达的当天，台北机场接机人群中，好几家代工厂的高层都出现了，其中还有全球最大笔记本电脑代工制造商——广达电脑董事长林百里，他带着四五个业务员已经早早等候在那里。

飞机降落之后，客户走了下来，正当大家都准备上去迎接的时候，却惊讶地发现，和客户一起有说有笑地走下来的还有一个人——郭台铭。

原来，得知客户要来台湾考察的消息之后，郭台铭就知道肯定会有一场激烈的抢夺，大家实力相差不多，那么能抢的就是时机。怎么样才能找到机会捷足先登呢？他马上派人去多方打探，终于了解到了客户所乘航班的准确信息，他发现这架飞机会在日本转机，就在第一时间订了一张从日本登机的头等舱机票，上了飞机后，他很快将座位调到挨着这位客户。就这样，飞机还没有降落，项目已经谈得差不多了。

【最优化法则】

1. 接受任务时多问几句。

当接到上级给你布置的任务或是其他部门向你提出某项协助的需求时，首先应该向对方仔细询问背景、用途、可利用的资源、期望交付的时间、质量以及最迟交付的时间等一系列相关细节，从而帮自己判断出这个任务的重要性与优先级，并迅速计算出大致需要花的时间。如果这个时候你怕耽误上司的时间，仓促接下任务，没有搞清楚需求，就埋头干起来，很有可能会弄不清状况，走偏了方向，效率自然高不了。

2. 先去咨询有经验的人。

遇到新事物，先看看别人是怎么干的。如果这方面的任务你以前没有接触过，那么一定要先去请教一下老同事，了解可能出现问题的地方，他们以往的成熟做法，以及可以提升的地方。这样既可避免走弯路，也可以节省掉无谓的重复劳动。

3. 迅速制定最优的方案。

如何最优？当然要方向正确，方法独特。视任务的不同而定，你可能需要数据的调研、分析，组织参与人和支持者的头脑风暴，寻求创新出奇的点子。与小组核心成员商量确定方案，以及在关键问题上的辩论。做这一切都是为了让任务以最高效的方式执行，达到性价比最高的结果，而方案的决定权只能在你自己的手上。

4. 分工合作，多线并行，齐头推进。

不要期待一件事情收尾后再开始另一件，在公司做项目与在学校里跟着导师做项目可大不一样，为了追求效率，很重要的一点就是要具备多条战线同时推进的统筹能力。所以，你一定需要协作者，可能是你的同事、下属，或引入外协公司，总之，靠一个人能高效率完成的项目越来越少了，你要学会利用一切可利用的资源。

那么在协作之前，你自然需要判断出各环节的完成难度与时间上的优先级，并依此来制定出项目时间表。如果你是项目负责人，就请现在召开一个小组会议，给大家明确分工吧。请谨记，为每一项具体分工确定一位负责人。没有负责人或有多位负责人的结果都是没人对这件事负责，而如果你自己是所有子项目的负责人的话，那就表明在执行中只会有你一个人为这件事的效率与结果着急。

5. 抓住死穴，先下手为强。

所谓死穴，就是指完成任务的最关键障碍或变数最大的环节。有时候一个需要三十天完成的项目，可能会卡在一个只需要两个小时就能完成的环节上，这就是项目的死穴。比如一场大型的市场活动，各方面的准备都在有序进行，气势恢宏的舞台设计、复杂的客户和媒体邀请与行宿安排、精彩的明星客串环节……但也许这一切实现起来都不难，难的是你给你的老板写的发布稿。他想要的是乔布斯发布Iphon的那种奇妙效果，你认为自己做到了，但当你在离活动还有十天的时候，把写好的演说词给他的时候，他摇头后说："这不是我要的感觉"——你根本没有写到他的心里去！接下来的事情可想而知，由于几易其稿，相应的视频、舞台、声光电效果等一系列已经做得差不多的事情都要改弦更张。这意味着你与各外协方需要苦口婆心地协商、预算肯定会超支、时间不够效果可能会打折扣，很不幸，你计划好的一切都泡了汤。

那能怪谁呢？谁让你不先抓紧把稿子写出来让他看过呢？

6. 要有系统性思维，用流程解决共性问题。

两个同时进入公司的人，干起活儿来都很卖力气，其中一个人做事情的动作虽然更快，但提交结果的速度却渐渐被另一个人超越，这是为什么呢？因为另一个人在每次执行任务的过程中，愿意花一点儿时间，为重复发生率很高的事情寻求系统的解决办法，建立流程，所以他的路越来越平，以后跑起车来，速度自然是越来越快。所以高效率往往不只是废寝忘食，加班加点，更重要的是要会总结、梳理。

系统性思维还有一个角度，就是当你手头儿遇到多项紧急而重要的任务时，你要懂得从中找到联系，一石二鸟，借助同一个资源将多件任务集成处理。

【解决力自测】

你就职于一家房地产公司，公司拿到一块地，并已经基本完成项目规划，但必须先完成95%的拆迁工作后才能从银行拿到贷款。这块地上现在的住户是两百户郊区农民，尽管补偿款已经超出了以往的平均水平很多，但由于目前房价上涨势头很猛，50%左右的村民结成联盟，不断要求更多的钱才肯搬。老板非常着急，给你下达了一个任务：在三个月内完成拆迁安置，且补偿款不能超出现有预算的5%。由于这是公司目前的头等大事，其他部门会全力支持你。

你可以利用的资源包括但不限于：法务部（法律手段）、公关媒介部（媒体资源）、工程部（负责拆迁）、财务部（负责支付款项）等。

现在，请列出你完成这项任务的最优步骤。

证明自己，用结果说话

“评定一个人是否称职或是否应该被提拔的最佳方法只有一个，那就是先给他一个平台、一份责任，看他是否能拿出实实在在的工作成果来证明自己。”

【职场价值观】

虽然看起来这一条有些残酷，但无法回避：一家理性的公司最重视的不是过程而是结果。因为完成工作的辛劳程度，未必与工作结果的价值成正比，公司唯一能衡量的，只有结果。

对于职场新人来讲，谈论自己为完成工作所付出的辛苦，通常是不明智的。因为只有在工作结果被证明对公司是一项巨大的贡献时，我们才有资格谈论自己的辛劳，甚至直到那时，都没有必要谈论这些。比较好的思维方式是，不说自己做了些什么，说自己做到了什么。

很多情况下，新人会因此而感到委屈：我接连不断地加班，废寝忘食地工作，为什么得不到肯定？如果你能站在你的上司的角度看，这个问题就很好理解：因为取得工作结果的过程是无法被客观评价的：方法、流程、协作、资源等任何一方面的问题都可能导致你付出高昂的劳动力，所以唯一能被度量的，就是结果。

你的上司将注定只能通过一个平台、一个项目考核你在工作中的实际能力，所以，你别无选择，证明自己的唯一途径就是拿出工作结果。

【李彦宏实践】

百度的高管团队中有很多来自全球明星企业的资深管理专家，但也有很多从基层提拔起来的“草根”，主管渠道业务的副总裁史有才就是其中的一位。

2002年年初的一天，在公司内部销售团队会议上，Robin请大家谈一下本年度各自的销售目标。有人说五十万，有人说一百万，对于这些目标，Robin都没有表示肯定。有一位同事半开玩笑地说：“那就定到二百万，翻它几番！”大伙“哗”的一下笑了起来——要知道，从2001年9月推出竞价排名模式，到2001年12月，百度在搜索推广上的收入一共才十二万元左右。从十二万一下子增长到二百万？这简直是放卫星！

但是Robin并没有笑。这时，刚刚以销售经理身份加盟百度两个月的史有才问Robin，“那你心目中合理的销售目标应该是多少?”

“六百万！”Robin平静地说，接下来他仔细分析，2002年，百度的产品和技术部门决心都很大，预计用户流量会增长很快，因此为销售创造了很大的提升空间。“产品和技术团队做得很棒，销售团队也要用结果来证明自己。”Robin说。

虽然目标看起来那么遥不可及，但Robin的分析合情合理，史有才也从Robin坚毅的眼神中找到了信心，立即大张旗鼓地组建销售团队，制定新的销售政策，马不停蹄地奔走于全国各地，寻找最优秀的代理商。

到2002年12月盘点，百度当年的销售额达到了五百八十多万，这个大家曾经觉得不可思议的目标居然差不多实现了！

中国的搜索事业还刚刚起步，百度平台给每个人的发展空间都非常大。知道自己能飞多远，史有才更是刻苦努力地来证明自己，连续几年，史有才带领渠道销售部每年业绩都至少翻一番，他很快被提升为渠道部总监。2007年6月，史有才晋升为高级总监；2008年年底他又晋升为公司副总裁。

在百度，每当有员工找Robin要求升职、加薪时，大家都知道，从Robin那里得到的通常不会是官儿或钱，而是一个平台、一份重担，然后

证明自己，用结果说话

2002年

说：“拿出业绩来，证明自己!”事实也证明，每一个在百度以业绩证明了自己的人都获得了应有的回报，成为百度的中坚骨干。

上市之后，百度进一步向国际化大公司迈进，也有很多世界知名公司的各类优秀管理人员加盟。但在Robin“证明自己，用结果说话”思想的引导下，很多人在加盟百度时都比在原来单位“降半级”，在百度平台证明了自己之后，既赢得周围同事的尊重，也迅速获得提升，迎来事业上更大的发展空间。

【职场真人秀】

由高级经理挂帅的凤巢

2001年来到百度的沈丽可谓是百度的“老人”了，多年来她与百度的搜索推广业务一起成长，历任产品助理、产品市场经理、高级产品市场经理等职位，负责百度商业平台类和运营类产品建设。

对百度人来说，高级经理再向上发展，就是总监级别了，要突破这个天花板完成一次成长，难度相当高。百度对总监级别的视野、业务判断力、管理能力等都有非常高的要求。

2007年10月，百度决定做凤巢。王湛找到了沈丽，“沈丽，你是最早调研和提出‘凤巢’的理念的人，竞价排名这个新系统的开发能不能由你挂帅主导?”

沈丽有点儿意外，“这么重要的项目，由我来负责行吗?公司里同等重要的项目，至少都是总监领衔的。”

“那你觉得自己能完成吗?”王湛反问了一句。

沈丽想了想，很确定地点点头说：“我尽最大的努力，应该可以完成任务。”

“那就作出业绩证明自己的实力。”王湛那总是带着微笑的眼神里传递出无限的鼓励与期许。

接下来的一年半时间里，沈丽带领整个搜索推广产品团队，开始了竞价排名产品进入凤巢时代的坚实努力：2009年4月，顺利完成了“凤巢”

系统的上线工作，完全达到了第一阶段产品目标。同时，沈丽带领团队建成了以产品设计、产品策略、产品研究有机结合的部门组织架构，发展和完善了一系列的工作流程和工作模式，培养出了多个主管和经理，为竞价排名产品的高速发展奠定了坚实的基础。

2009年6月29日，大家的邮箱里收到一则晋升通告："从2009年7月1日起，沈丽从高级经理晋升为副总监，继续全面负责百度搜索推广业务的产品管理工作。"

戈恩：业绩之王

卡洛斯·戈恩接手日产汽车的时候，这家公司几乎已经失去了生存的希望：他们深陷债务旋涡，濒临破产。2000年，全球汽车业不景气无疑又让日产雪上加霜。戈恩就是在那段最危难的时刻来到日产的。

戈恩于1999年6月加入日产汽车公司，任首席运营官，2000年，成为公司总裁，并于2001年6月被任命为日产汽车公司首席执行官。在就职演说中，他面对日产的股东、员工以及大批等着看笑话的媒体，说出了他的计划，这个计划在当时看来近乎疯狂：截至2004年年底，全球销售量增加一百万台；运营利润率达到8%；汽车事业净债务为0。

2006年4月的一天，戈恩坐在美国纽约举行的"摩根斯坦利（Morgan Stanley）全球汽车周"颁奖晚宴的餐桌旁，全球权威市场调研机构J.D. Power and Associates的创始人——JD Power三世亲自把著名的"创建人奖"颁发给他，褒奖他对全球汽车消费者所做出的杰出贡献。

是的，戈恩做到了，他彻彻底底地完成了当年承诺的业绩目标。在戈恩的领导下，日产汽车在全球范围内的新车销售量迅猛增长，销售收入增长超过80亿美元，同期市场占有率也由4.3%上升到6.4%。

当记者问戈恩，他当年为何冒着如此巨大的风险，那样激进地对公众承诺时，戈恩表示："人们喜欢结果，因为它简单，谁都能明白，谁都可以去衡量。只有承诺明确的结果，人们才会受到鼓舞。人们会说：'我们按承诺执行，他按承诺兑现，没有任何借口，一切为了结果。'"

【最优化法则】

1. 把每次挑战和困难当成一次证明自己的机会。

切忌在工作任务上“挑肥拣瘦”，无论工作怎样艰辛。你要相信，当你的领导把工作分派给你时，已经从全局出发进行了思考。接下任务，并将其视为证明自己的机会，努力寻求解决办法。

2. 着眼于结果，而不是执行的方法和过程。

如果你认为自己经验不足，可以就执行任务的方法向领导和同事请教，或者寻求别人的协助。但一定不要偏离核心：着眼于工作的结果。

不要长时间思索和讨论执行的方法，当你真正着眼于工作结果，并迅速展开行动时，自然会找到最好的方法。

3. 切忌抱怨、诉苦和自夸。

因为在结果出现之前，这些行为只能获得适得其反的效果。在结果出现之后，这些行为也不会给同事和上司以太好的印象。

4. 注重结果，不意味着可以为此而不择手段。

公司如同一口井，员工需要依靠井水生存，采取不能暴露在阳光下的手段取得业绩和成果，就如同在这口井里投毒。

【解决力自测】

假设你是一个由十个人组成的团队的leader。一年过去之后，这十个人里有两个人表现优异，大幅超额完成年初制定的工作指标，有六个人刚好完成任务，有两个人未能完成。年底时，你需要与其中的三名员工沟通，而且限于精力，你只能与三名员工沟通，你会选择哪三名？与他们沟通些什么？

走上管理岗位前 先要磨砺好胸怀

一定要找最优秀的人才

给最自由的空间

允许试错

一定要找最优秀的人才

“企业对人才的选择往往决定着这个企业能走多远，如果要做一个世界级的优秀企业，那就要力争在全世界范围内找到最优秀的人才。”

【职场价值观】

由于身处新兴市场，机会层出不穷，中国的很多公司都会经历高速甚至超高速成长，这也给身处职场的年轻人以快速成长的机会。百度是一家员工平均年龄不到25岁的公司，很多人在入职两三年后就会走上主管、经理、高级经理甚至更高的职位。

当你除去业务职责，还负有管理职责时，任用什么样的人就成为一个关键抉择，甚至两难抉择。不少职业经理担心新人的脱颖而出会影响自己的前途，担心“教会徒弟，饿死师父”的事情发生；而任用能力不如自己的人，你就必须面对常常为下属“救急”和“善后”而无法脱身的窘境。

人在管理岗位上能走多远，取决于他所管理的人有多优秀。很多著名跨国公司都明确规定，要想获得升职，必须为自己原来的岗位找到至少两名优秀的接替者。

在蒸蒸日上的公司内部，你的部门如果没有优秀的人才，就会成为整个公司前进的掣肘，这直接导致你自己的成长脚步放缓甚至停滞。所以，任用最优秀的人才，不仅是胸怀问题，更是眼界问题。寻找比你自己更优秀的人才最终会成就你自己，因为这样才可能让你放开视野，着眼更高的目标，你的团队才会是公司里最有竞争力的团队。

【李彦宏实践】

2003年年底，时任上海分公司总经理的旭阳问Robin，百度走到今天成功的主要原因是什么？

Robin说："这事我还真想过。大概有这么三条：第一是专注；第二是商业模式的适配性；第三是人才。"

Robin补充说："我一直是找比我厉害的人，找业界最强的人。如果我有一个位置空出来的时候，我马上就想，如果说全世界的人随便我挑，我会让谁来坐这个位置，第一候选人是谁，第二候选人是谁。我们要尽可能让最优秀的人加盟百度。"

这个故事被另一位上市公司的老板听了，老板连连赞叹，"李彦宏了不起！"有人问："为什么？"老板说："我招人，眼睛最多盯着中国，不会想到全世界，可李彦宏挑选人才，一开始就站在全球高度上了。"

事实的确如此，正是Robin的全球选才之道，使百度拥有了越来越多的顶尖人才。两任CFO就是典型的例子。

2004年年初，Robin希望公司建立起严格的、可以公开透明的财务制度，为公司在美国纳斯达克上市做准备。他需要一位好的CFO，便委托全球最顶尖的猎头公司海德思哲（Heidrick & Struggle）在全球范围为百度寻找一位这样的人。

海德思哲找来了很多的人，Robin一轮一轮地面试，都很不满意。直到有一天，当时是普华永道亚洲区合伙人的Shawn（王湛生）出现在Robin面前，在谈了两个小时后，Robin意识到，这个人就是当时百度能在业内找到的最好的人选。因为这个人不仅财务好，而且年轻，又是个网虫，他看得到互联网的前景，也知道搜索引擎的价值所在，更为难得的是，还是个非常富于创造力和激情的人。

一定要找最优秀的人才

遗憾的是，Shawn在2007年底因一次意外而不幸去世。

在2008年全球经济危机来临之际，正是Jennifer用她优秀的财务管控能力帮助百度安危度过了这场危机。

还将百度的股价推上了新高，成为纳斯达克一抹鲜艳的中国红。

“如果我有一个位置空出来的时候，我马上就想，如果说全世界的人随便我挑，我会让谁来坐这个位置？”

那天Shawn急着要去赶飞机，所以两个人匆匆道别。

Shawn刚出门，猎头公司的人打来电话，兴奋地对Robin说："我们又找到了几个候选人向您推荐，什么时候您有空儿可以安排见面?"李彦宏笑了笑，说："后面的不用见了，我已经找到了最好的CFO。"

Shawn加盟百度之后，用百度在纳斯达克上市的精彩一幕向全世界证明了李彦宏的眼光，他的确为百度请到了全世界最好的CFO。

遗憾的是，Shawn在2007年年底因一次意外而不幸去世，这对百度是极大的损失。

这时的百度已经很有名气，许多猎头公司都盯着百度这单大生意，一些在此行业中颇有资历的人也主动找到Robin想来坐这个位置。

Robin心中虽焦急，却自有他的方寸——百度已经上市，公司大了，财务制度的规范透明已不成问题，而财务管理控制成了头等大事。

一个偶然的机会，他拿到了Jennifer的简历，这个人虽然没有互联网行业的相关背景，但推荐人告诉他，这位在通用汽车金融公司主管财务多年，并担任过中国通用汽车CFO的中国女性，有着大型公司财务管理与成本控制的丰富经验，而且极为敬业。Robin眼前一亮，他立即与Jennifer约定在旧金山见个面。

这次专程的美国之行中，Jennifer的职业精神给Robin留下了深刻印象。通用汽车金融公司的办公地点在底特律，为了既见Robin又不耽误工作，她安排了当天往返的行程，来回一共飞了十个小时，而面谈只进行了两个小时。

Robin回国后不久，Jennifer就加盟了百度，在此后的一次公司内部沟通会议上，Robin开心地与大家分享了请来新任CFO的经历，他说："我相信，这样一个高职业技能和职业素养的人，一定能把百度的财务管理带到国际的高度。"

在2008年～2009年全球经济危机来临之际，Jennifer用她优秀的财务管控能力为百度向纳斯达克交出令人信服的业绩；不仅如此，她更以她出色的沟通能力，让投资人重新认识了百度的价值，对百度充满信心，在市场仍然一片肃杀之际将百度股价推上了新高，为纳斯达克留下一抹惊艳的中国红。

正如这两任CFO，今天的百度，力争在每一个岗位上都找到最优秀的人才，这也是百度能取得成功的最主要的原因。

【职场真人秀】

两年等一人

2008年12月30日，百度今天正式宣布原联想集团品牌沟通部高级总监朱光正式担任百度市场与公关高级总监兼公司新闻发言人，未来全面负责百度公司的品牌建设、产品推广、媒体公关及内部沟通工作。

在业界因为这个消息而沸腾时，鲜有人知百度副总裁任旭阳两年来为力邀朱光所花费的心血。

2006年9月底，任旭阳正式接手兼管公关部。他认为，要想把公关业务做好，第一要务就要找到最优秀、最专业的公关人才。经过一番调查，他把目标瞄向了国内IT业第一品牌联想。

2006年10月中旬，任旭阳遇到了时任联想集团高级公关总监的朱光，发现这个人对企业品牌和公关传播的见解非常深刻。朱光已经在联想工作十年，拥有光彩熠熠的履历：2002年开始，他带领公司品牌工作小组成功完成联想品牌标识由Legend向Lenovo的切换，并制定联想品牌策略；2003年～2006年，他带领推广团队创造性地完善了联想公司宣传体系，并以联想成为首家中国的奥运TOP合作伙伴及联想并购IBM全球PC业务为契机，进行公关传播策划，有效树立了新联想的国际化形象。

朱光所统率的公关团队2005年、2006年两度荣获香港《PR Week》杂志颁发的“亚太最佳公关团队”的殊荣及2008年国际公关协会颁发的“年度杰出公关大奖”；在2007年～2008年，围绕奥运及火炬接力主题，朱光策划并实施了联想在国内的奥运营销战略，并获CCTV等多家媒体机构颁发的奥运营销大奖。

一个月后，任旭阳开门见山地邀请朱光加盟百度，但遭到了明确的拒绝。

2006年11月17日，李彦宏邀请百度所有总监去家里开生日party，唯独任旭阳没有出席。原来，他又去找朱光了，两人相谈甚欢间，任旭阳再次提出邀请，但又一次被拒绝。

因为此时，朱光在内地企业公关与品牌传播领域有很高的声誉，在联想已经九年的他曾为联想的品牌传播立下了汗马功劳，无法说走就走。再次被拒绝的旭阳只有先放弃，转而去找其他人选，但并没有中断接触，在接下去的两年内，任旭阳每两三个月就约见朱光一次。

2008年7月，任旭阳与朱光已经成为了高度信任的好朋友。这个时候，任旭阳再次对朱光发出邀请。朱光坦言，百度的品牌已经进入了良性上升的轨道，自己过去后也没有太多事情可做，对于缺乏挑战性的工作，他不太感兴趣。任旭阳也很坦诚地告诉他，百度随着国际化的展开，Marketing领域还面临巨大挑战。这一次，朱光被打动了。

2008年7月底，在任旭阳的安排下，Robin与朱光见了面，彼此谈得很投机。2008年10月31日，朱光正式签约百度。此时，距离任旭阳第一次去见朱光，已经过去了整整两年。

历时两年，无数次被拒绝，无数次沟通、说服，只为请到业界优秀的人才，回忆起这段经历时，任旭阳说，之所以这么做，多年前Robin的一句话对自己影响巨大："一定要去请你能找到的全世界这个领域里最优秀并且最适合百度的人，因为优秀的人才是无价的。"

沃尔玛：习惯于任用最优秀的人

李·斯科特是全球连锁零售业巨头沃尔玛的董事会执行委员会主席，前沃尔玛全球总裁兼CEO。他认为，自己能取得今天的卓越成就，就是因为他始终坚持任用比自己能力更强的人。

1995年，李·斯科特延揽麦克·杜克（Mike Duke），让其负责沃尔玛的分店和缜密的物流体系。麦克·杜克曾在Federated Department Stores和May Department Stores拥有二十三年的零售业经验。

任命麦克·杜克之后不久，正在法国出差的李·斯科特接到一纸调令，公司任命他担任销售部总经理。他的老板告诉他，因为他能找到比自己更优秀的人让物流部门有条不紊地运行，所以他可以分身负责销售工作，而且拥有试错的空间。四年之后，李·斯科特就被任命为CEO。

任用比自己更强的人，这是沃尔玛的传统。就像任旭阳花费两年时间请到朱光一样，沃尔玛请来李·斯科特也等待了两年。1977年，大卫·格拉斯看中李·斯科特，邀请他去沃尔玛，遭到拒绝。两年后，大卫·格拉斯再次向李·斯科特发出邀请，终于打动了斯科特，大卫·格拉斯后来成为沃尔玛总裁。最让人印象深刻的是，当年沃尔玛创始人山姆·沃尔顿（Sam Walton）为争取大卫·格拉斯，前后花费了十二年时间。

如今，李·斯科特退居幕后，麦克·杜克出任沃尔玛全球总裁，李·斯科特则担任他的顾问。在沃尔玛，每一个管理者在任用比自己更强的人之后，自己都取得了更高远的成就，而沃尔玛就是以这样的人才哲学，不断取得让对手敬畏的竞争优势。

【最优化法则】

1. 当你需要招揽人才时，锁定目标领域的前三名。

首先确定你所需的人才属于哪个领域，你最在意的是哪方面的专长，然后通过多方查证和咨询，锁定这一领域中最顶尖的三个人选。

2. 去逐一拜访他们，诚恳地与他们面谈。

对他们坦陈你的战略目标，听取他们的意见，确定他们对你的目标是否有兴趣。评估他们每个人接受你邀请的可能性。

3. 辨别出谁更适合你所在的公司。

最优秀的人才不一定是专业技能或管理才能最突出的那个人。除去个人能力之外，你要考量的一个重要指标是，这个人能否适应你所在的企业，能否融入你的团队，他行事的风格是否能与你所在公司的企业文化很好地融合。

新加入的人才常常被喻为“新鲜血液”，他们既可能为公司带来活力，也可能无法顺畅融入，出现“排异反应”。只有专业能力过硬，而且符合团队文化的人选，才是“最优秀的人才”。

4. 基本原则：你的公司更需要这个人，而不是这个人更需要你所在的公司。

在选定你要邀请的人选之前，你需要确认这一点：你的公司的确需要这个人，而这个人也并不是因为种种不如意才打算离开原来的公司。

5. 邀请对方时，做好打持久战的心理准备。

6. 最优秀的人才不见得永远优秀。

人才与公司，更像是一起登山的旅伴。当彼此的速度、方向和目标都一致的时候，才是最佳的状态。在结伴而行一段之后，或许双方的速度、方向和目标就不再会那么吻合。

当你力邀优秀人才加盟你的团队时，也要做好这样的思想准备：眼下来看这个人——无论是专业能力、价值观还是个人目标——可能很符合公司的需要，但这种状态未必会一直持续下去。

公司的战略会调整，个人的心态目标也会发生变化，优秀的人才未必会适合公司所有发展阶段的需要。

【解决力自测】

你的团队中有一个岗位空缺，现在有三名应聘者竞逐这一职位，他们对自己的专业能力都保持着高度自信。A表示他只是想了解一下你们公司的情况，未必真的接受你给出的职位；B说他一直很喜欢你所在的公司，并希望能加入；你觉得谈话最投缘的是C。

在最后作出决定之前，你还会分别针对三名应聘者做些什么？

给最自由的空间

“所谓管理者的职责，就是为优秀人才搭建一个自由、宽松的平台，因为人只有在自由的空间里，其创造力才能真正释放出来；也只有在独立自主地面对与解决问题的过程中，才能得到最高速的成长。”

【职场价值观】

如果你已经成功地按照上一节提供的理念和方法，将优秀人才招至麾下，你就一定要牢记：给他们以最自由的空间。

对于刚刚走上管理岗位的你来讲，不太容易避免的一个错误就是认为自己的存在价值就是管理他人，担心上一级领导认为自己没有作为，因此为了管理而管理。你制定各种规章制度，以便实现更强有力的“管理”，直到有一天你猛然醒悟，发现自己竟然不知不觉成了自己当年最厌恶的那种领导。

你忽略了一个基本事实：他们是人，不是雇员。传统的劳动力型员工，要为制度服务，这是因为公司占有机械设备，也就是生产工具。而在信息时代，企业与员工的关系对比已经发生了变化。企业的生产工具不再是机械设备，而是员工的知识、技能和心智。换句话说，掌握生产工具的是员工而非企业。因此，从本质上讲，企业和管理者没有权力要求员工服从于制度，恰恰相反，你的制度要服务于员工。

当然，如果你所在的公司是一家主要依靠员工的体力劳动而发展的公司，则另当别论。事实上，信息时代的绝大部分企业，已经变成了知识型组织，这些企业赖以发展的根本动力是员工的大脑。

你不能只雇用一双手，一定要雇用整个人。甚至，你也不能只雇用这个人，而是要连他的配偶一起雇用。你最好从成堆的文案中抽身，与他们进行人际互动；你最好不用制度来束缚他们的个性；你最好不要以职位和薪酬作为鞭笞和奖赏的工具。

管理知识工作者时，你要明白的是，公司对他们的需要，远远高于他们对公司的需要。他们知道自己可以离开，他们既有流动性又很自信。他们对个人成就和个人责任更感兴趣，他们渴望学习和培训。他们希望你尊敬他们的专业领域，他们希望在自己的领域内，自己做决策。

万科集团董事长王石认为，人才是一条理性的河流，哪里有谷地就向哪里聚集。所谓“谷地”，绝不仅仅是薪酬待遇。通常，自由的空间、人性化的管理、充满希望的前景都比薪酬重要很多倍。王石的观点是：尊重人，为优秀的人才创造一个和谐、富有激情的环境，是万科成功的首要因素。

【李彦宏实践】

上班第一天，办公室还在装修，大家聚在Robin住的酒店房间里一起兴奋地讨论公司成立后，需要定一些什么制度。

Robin不假思索，脱口说：“不能带宠物来上班，不能在办公室吸烟。”

“就这么两条儿啊？！”大家面面相觑，有些不解，以为Robin在开玩笑，“公司将来会越来越大，这哪儿够啊！”

“就这两条儿，我觉得已经够了。”Robin很坚决地说。

一晃十年过去了，百度总部的员工已接近三千人，规矩还是那么两条儿，几千号人都在“自由”地工作：百度实行“弹性工作制”，员工可以自己安排上班的时间，十点半才到单位；可以趿拉一双拖鞋出席任何级别的会议；可以上班时间跑到休息室睡上一大觉；可以在MSN上坦然地聊自己的私事。

给最自由的空间

Bai百度

不能带
宠物来
上班，
不能在
办公室
吸烟。

公司条例
就这两条。
太少了
吧！
这么大个
公司，就
这两条哪
够啊！

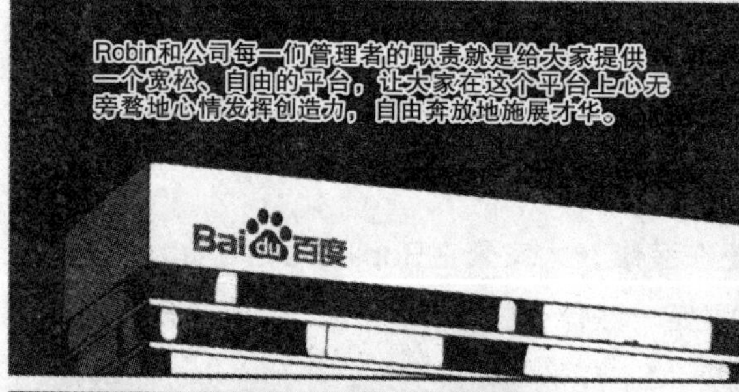
Robin和公司每一们管理者的职责就是给大家提供一个宽松、自由的平台，让大家在这个平台上心无旁骛地心情发挥创造力，自由奔放地施展才华。
Bai百度

几千号人都在“自由”地工作。

事实证明，自由的空间并没有让百度的员工变得懒惰散漫，大家抱之的是忘我的工作激情。

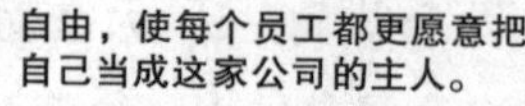
自由，使每个员工都更愿意把
自己当成这家公司的主人。

然而，百度的自由并不仅仅是给予员工工作时间的自由，而是给所有员工更大的舞台。对管理人员，Robin经常提醒他们，“一定要充分授权，可千万别让大树下面寸草不生啊，要让你们团队中的每个人在自己的职责范围内都拥有处理事务的充分自由。这样，他们才能更快地成长起来，整个团队才能一天比一天强。”

Robin说，他和公司每一位管理者的职责就是给大家提供一个宽松、自由的平台，让大家在这个平台上心无旁骛地尽情发挥创造力，自由奔放地施展才华。

事实证明，自由的空间并没有让百度的员工变得懒惰散漫，大家报之的是忘我的工作激情。

1999年的一个冬日，两位潜在的投资人突然来到北京，给Robin打电话说想来公司看看。当时公司还几乎什么都没有，但是人家既然提出来，Robin就带着他们到北大资源宾馆两间简陋的办公室看了一圈儿。送走了投资人，Robin并没抱太多希望。殊不知，这两个精明的投资人并没有离开，而是在夜色中悄悄返了回来，从窗外观察着百度，他们看到的是那两间办公室所有的窗口都还灯火通明。他们后来告诉Robin，那时，他们相视点头，达成了共识——投资给这样的公司，错不了。

直到今天，百度的规则仍然是可以自由决定上下班时间，但是，每天深夜，百度的办公区里依旧会有很多人在埋头工作。为的就是让产品更早地上线，为客户提供更好的推广方案……员工们已经习惯了在自己休假时也随身带着笔记本电脑，随时准备上网收邮件处理突如其来的工作，有些员工甚至带着自己的帐篷到公司加班。自由，使每个员工都更愿意把自己当成这家公司的主人。

【职场真人秀】

实习生的三板斧

2004年，百度贴吧创立不到一年，一位还在中国传媒大学上大三的学生，成为贴吧产品组的一位实习生。

当时，百度还没有几个人懂社区，而这位实习生在学校时当过论坛的站长，并参透了社区用户体验的真谛，他很快为贴吧产品提出了很好的发展建议，并被采纳了。没多久，这位大三学生被任命为产品经理。

学生经理上任不久，发现由于贴吧流量增加了，现有的工作制度显得不太合理，贴吧产品组审帖的效率跟不上用户发帖的需求，便小心地向总监建议应该做一些调整，增加夜班管理员，而且需要制定相关的管理制度，让审帖工作流程化。总监很爽快地同意了。

他很快招进来十几个人，可是没过几天，又来找到总监诉苦：人多了要建立管理梯队，而且应该按行业的平均标准改良现有的薪酬机制，提供更多的激励空间，从而高效率地满足用户发帖需求。

没想到总监还是眉头不皱一下就答应了，而且责成他去拟定这个制度。

他熬了两个晚上拟出了十来页的制度，交给总监，心想，这个恐怕要突破他们的底线了。他的方案中薪酬水平平均提高了20%～30%，增加了绩效考核的部分。这可是动了大刀子，估计要经过漫长的讨论过程才能得到批复，预算没准儿也会被砍掉一些。

结果令他大跌眼镜，仅三天，COO的批复已经下来了："经过公司最高层讨论，同意。"

这个实习生就叫李明远。他接管贴吧时，其流量占百度流量的1%，经过他半年多的努力，贴吧流量已占到百度流量的11%。他当上高级产品经理的时候，本科还没毕业呢。

在百度，大家看的不是出身，而是能力，上司不怕你敢想敢做，会给你很大的空间去尝试甚至试错，而每当你用结果证明了自己，就会得到更大的空间。

吉利的"自由天空"

吉利刚刚完成对沃尔沃的收购，在国内汽车企业的成长道路上领先一步。今天，吉利汇集着大批汽车业的专家和管理者，与初创时不可同日而语。当年，吉利打算造车时，在全集团两千多名员工中反复搜寻，只找到

3名从事过汽车改装的技术人员。其后，在李书福的努力下，国内外汽车业人才涌向吉利。他们愿意来到吉利，都是因为吉利虽然没有现成的东西，但“有一片自由的天空”。

李书福盯上天津齿轮厂总工程师徐滨宽之后，派出吉利摩托的总经理不断约见他。但徐滨宽对名不见经传的吉利完全没有热情，几乎是约十次见一次。直到最后，徐滨宽不胜其烦，这位总经理才说出李书福延揽他到吉利开发自动变速箱的目的。

其后不久，李书福在天津见到徐滨宽。徐滨宽给李书福泼了一盆冷水，他据实相告，开发自动变速箱只有40%的成功概率，而且得不到国外技术支持，不能靠进口零部件，也不能靠进口的检测仪器，因为这些属于国外汽车企业技术封锁的范畴。

但李书福说：“你来做，一切风险由公司承担，对你没有约束。”徐滨宽说：“我不知道自动变速箱怎么做得成，但是知道怎么做不成。”李书福则回应：“要钱给钱，要人给人，要地给地，要厂给厂，我给你批。”

随后，李书福投资一个多亿，在三年之后，吉利造出了国有企业二十多年造不出的自动变速箱。这是中国第一台自动变速箱，徐滨宽也因此成为“中国自动变速箱第一人”。

【最优化法则】

1.给人才以方向性的指导，在专业领域由其自主决策。

尊重人才的专业领域，这是知识型人才最在意的荣誉。但为了让他们的工作给予公司成长最大的推动力，需要在工作的方向上给出提示和指导。

2.敢于让优秀人才主导大项目的运作，使其负起责任。

相信人才，大胆放手把重要的大项目给他们运作。知识型人才往往非常看重个人责任，他们会把你交托的项目视为最重要的责任。

3. 在自己可承受的范围内，允许他试错。

在给予人才自由空间时，就要做好准备接受他们试错带来的后果。考虑清楚自己可以承受的范围，只要在这个限度之内，允许人才试错。

4. 大胆采纳其提出的合理建议和更好的工作方法。

5. 给最自由的空间不等于放任，需要在关键点上进行考核。

给最自由的空间，是为了让人才发挥最大的创造性，不受束缚地施展才能。但是这不等于放任自流。你必须设定几个关键的时间节点、阶段性工作的节点，到了节点就对工作成果进行评估和考核。

这样做的目的，是为了不让最终的结果偏离最初设定的方向。如果采取放任的态度，到最后验收时，一旦工作成果严重偏离最初的设想，就会造成无法挽回的损失。因而，在每个节点上都了解项目的进展状况，遇到问题及时讨论并修正，是在给予人才自由空间的同时不能忽略的工作。

【解决力自测】

有一次，你希望与部门的一位工作业绩优秀的员工谈一谈，因为最近几周的部门例会，这位员工屡次迟到，甚至还曾经无故缺席。但是，看起来这位员工对你要谈的话题颇为漫不经心。“我觉得这些会议的意义不大。”他对你说，“我的工作是完成我所负责的研发工作，而不是开会。”他的态度似乎有些挑衅的意味：“其实我也正想跟你谈谈这个问题，我希望以后不再参加这个会议，专心做研发，甚至，如果可能的话，我希望在家里完成绝大部分工作。”你该如何回应他？

允许试错

“伟大的创新有时就存在于某些看起来不成熟的想法里，所以要鼓励员工的每一次创新，舍得给他们机会去试错。有时候明知风险很大，仍然可以让他们去做。可以小规模地尝试，如果结果不好，退回来就是了，但试错中得到的宝贵经验却可以让团队大步成长。”

【职场价值观】

曾有一家法国汽车制造公司在对众多应聘者进行面试时，只问了同一个问题：以往的工作中你犯过多少次错误？可以想见，大多数应聘者都说自己“一贯正确”；但最后得到这份工作的，却是一个承认自己犯过多次错误的“倒霉蛋”。这家公司的理由是：“我不要二十年没犯过错误的人。我需要的人才，是他虽然多次犯错，但每次都能吸取教训、立即改正。”

几乎每个职场新人都无比害怕犯错，犯错意味着领导的批评，意味着自己的失败，还可能意味着同事的嘲笑和异样目光……错误的滋味儿确实并不好受。但如果你真的希望能成为比别人更成功的职场人，你必须从踏入职场就对错误有一个正确的心态，其中一点，就是你要理解企业对错误的态度和观点，给自己松绑，允许自己，也允许你的下属试错。

“失败是成功之母”是一句老话，于职场却是一种心态。因为如果你连犯错的机会都不给自己，那意味着你天天固守在最初的一亩三分田里，没有一丝一毫的突破。日积月累，你的能力、你的视野、你的业务范围就只停留在最初的水平。

美国企业很注重职员在过去工作中犯错误的经历，不但优先录用那些曾经有过犯错经历的新人，而且，还经常鼓励职员在工作中犯错误。因为这样的企业认为，工作需要创新，没有创新的工作是机械的。而创新正是来自试错，来自不断小幅度地挑战和尝试新的解决方法。

站在公司和领导的角度，永远应该从长远和整体的角度来考虑试错的性价比，因此，用最快的速度、最小的代价试验得到更好的方法与结果。所以，很多时候，下属为了创新的想法小范围地试错是积极且有意义的，你应该鼓励他们去尝试，甚至当他们要做的事与你的判断不一致时，只要这种试错的代价是可预测、可承受的，你也应该让他们去试。因为如果不试，就永远不知道试的结果会怎样，而你们在试错中所收获到的，是其他方式永远不可能得到的经验与体悟。

【李彦宏实践】

2002年，百度的搜索业务经历了从后台走向前台直接面向用户的变革，很多事情都还在摸索之中。

一天，工程师小H在餐厅碰到Robin，正好在吃饭时跟Robin探讨一些产品方面的问题，“能不能将搜索结果页模板的行宽从500像素调整为600像素，如果这样，不仅看着会更舒服，一页也能多出现两条结果，会有更好的用户体验。”

Robin想了想，对小H说：“这么改按道理说是好的，但需要用户的显示器达到比较高的配置才行，现在有不少用户的显示器可能还是1024*768的，那样一来，用户体验就不好了。你知道主流用户现在主要使用什么显示器吗?”

这个问题太复杂了，现在的电子产品特别丰富，而且不同地区、农村

允许试错

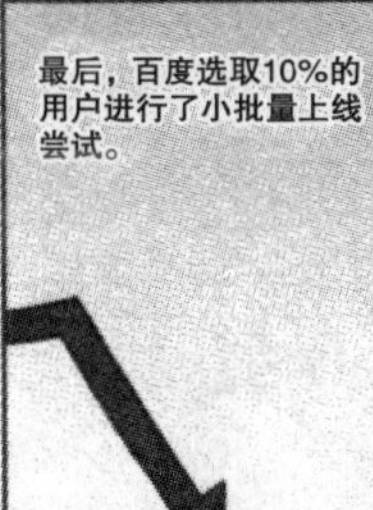

结果证实了Robin的担心——用户的点击量不增反降，看来，百度用户的设备还跟不上这个调整。

我们现在还是个小孩儿，有哪个孩子小的时候不跌个跤呢，这就不敢跌跤了，以后长大，就更不敢了。

相比损失的那一点点流量，鼓励工程师有不断改进的想法和创新意识是更重要。

和城市的也不太一样。小H想到这里，有点儿头大。

看到小H有点儿泄气，Robin建议："其实也没有那么复杂，我们直接面向用户小批量上线试一试，如果用户体验确实提升了，那我们的流量肯定会增加，如果用户体验不好，那我们不做就行了，问题也不大。"

小H全力以赴，很快将相应的程序开发了出来。

最后，百度选取10%的用户，对新的结果页模板进行了小批量上线尝试，结果证实了Robin的担心——用户的点击量不增反降，看来，百度用户的设备还跟不上这个调整。不用怕，马上下线就是啦!

每当看到总监们过于担心，不敢让下属试错的时候，Robin常会说："我们现在还是个小孩儿，有哪个孩子小的时候不跌个跤呢，这就不敢跌跤了，以后长大，就更不敢了。小批量试一下，马上就可以知道结果，知错就改，有何不可呢？我觉得，相比损失的那一点点流量，鼓励工程师有不断改进的想法和创新意识是更重要的，它会给我们带来源源不断的前进动力。"

【职场真人秀】

出了事故，没有受到批评

吴奇现在是百度技术部门的优秀工程师，但他还是实习生的时候，出过一次严重的事故。

那时，他实习不久，便作为主力工程师参与一个产品重要新功能的开发。为了来个精彩亮相，吴奇费尽心血设计了精彩的页面。他自己多次试验，反复测试评估，终于完成了这项新功能的开发。

不过给leader看时，leader皱了皱眉，欲言又止，然后问了问服务器压力测试的情况，计算了一会儿，就给通过了。

生平第一次亲手开发的产品要让亿万人用了，吴奇盯着上线后的页面，兴奋地看着点击量迅速攀高……谁知，切换后不到半小时，服务器负载严重过高，系统不能负荷，面临当机，只好"回滚"，第一次上线失败了!

当晚，大家立即召开现场会定位事故原因，原因找到了，正是吴奇设计的漂亮页面惹的祸，因为页面中众多图片的请求在原产品巨大的流量基础上产生了数倍的放大，骤增了服务器的压力。吴奇紧紧咬着嘴唇，脸憋得通红，心情一度跌到了冰点。

Leader就像看出了小奇的郁闷，并没有批评他，而是在会上首先检讨起自己，“我当时看到吴奇设计的页面想到了这个问题，但是一来是我自己判断有误没觉得会这么严重；二来，我觉得吴奇的创意很不错，应该给他机会上线试一下，其实这个结果也证明了他的设计很受欢迎啊。这个责任，是我的。”

吴奇有点儿将信将疑地抬起头来。会后，他怯怯地告诉leader，自己还是对这个错误耿耿于怀。

leader拍拍他的肩膀，说：“哪个工程师不会犯错？何况你还是个新人。我当时没有callcel你的idea是因为百度的文化是允许试错的，只要这个错试得有意义，有价值。关键是你和大家都能从错误里吸取教训，这不仅能避免以后其他人再犯同类错误，而且也希望你在这个错误的基础上，今后的开发设计更能够有所进步。”

看着leader一脸真诚的笑容，吴奇的后背渐渐又挺直了。这一次试错的教训是深刻的，他永远不会忘记。同时，他知道，所有参加了讨论会的同事也都在自己心里绷起了一根弦——百度的流量是如此巨大，任何一点儿改动和增加都可能为服务器带来千钧重担。

这以后，吴奇每次再遇到上线开发工作的时候，都会绷紧压力测试这根弦。

不久，他顺利地拿到了百度正式聘用的offer。

失败带来的发明

诞生于1902年的3M，不可谓不是一家老企业，但是这家老牌企业每天能产生1.4项专利发明，至今仍然是举世知名的创新企业，原因何在？

其中很重要的一点，就是为了鼓励创新，3M允许员工犯错。为此，3M推出了“私酿酒法则”，其内容就是：员工可以依照自己的喜好，以公司既有的技术为根本，尝试加上新构想，开发出新商品，最后再由公司评估商品化的可行性。在这种鼓励下，员工们并不以犯错或者失败为耻，相反，他们在工作中，充满了挑战精神。

Silver是3M的一位员工，他想研发一种超强力粘剂，但是努力了多年，却只得到了一个失败的产品——一种一点儿也不粘的黏合剂。这看起来是一项失败的尝试，但是3M公司却很坦然地接受了。直到四年后，Silver的同事Fry在教堂唱诗时，觉得需要一种可以粘在书上，又不会破坏纸张的书签。他在3M的库里找到了Silver的发明，在两人的共同努力下，原来失败的黏合剂成为了后来的即时贴（post—it）——3M一项赚大钱的新商品。

所以，即使在职场中，也需要像Silver一样保持着允许自己试错的心态，说不定，这将是一项重大创新的起点。

【最优化法则】

1. 克服怕犯错的心理，让好点子不被尘封。

由于从小对犯错的后果记忆深刻，并且家长总是呵护左右，用他们的经验想尽一切办法防止孩子吃亏犯错，所以许多中国孩子长大了以后会比外国人缺乏创新能力。也正因为这样，每当我们自己，或是我们的下属有了一个打破常规的大胆想法时，我们本能去做的第一件事就是先评估它的风险。这样做本来是没错的，但是在“不求有功，但求无过”的传统思维影响下，多数人缺乏承担风险的心理素质。所以一定会选择绕开犯错的可能。

也就是说我们从很小开始就成了害怕犯错的人，所以我们要强迫自己克服这种天生的懦弱。于己，要敢于克服阻力，将一闪而逝的大胆想法付诸实践；于人，要有打破自己的经验主义思维模式，鼓励下属尝试不同的做法的胸怀，更要有为此勇于担当责任的气魄。

2. 试错之前，要评估一下试错的后果。

能承担多大的结果，就试多大的错。人在职场，一切行为都应为公司利益考虑，需要想想试错的代价和可能带来的收益之间，哪个对公司利益更大，也就充分了解了试错的边界。

不盲目自信和自卑，对公司和领导能允许多大范围的试错有一个评估，了解可承受的后果的严重程度是怎样的，以免犯下不可挽回、不可补救的错误。有可能的话，也应该提前告知领导，征求他们的意见，免得惊喜变成了震惊。

3. 在边界范围内，以创新为目的地试错。

试错的目的是创新（请参考创新求变一章），成功概率是一半儿一半儿，因此试错前多尝试，可以先从小范围试错开始，循序渐进，这样结果随时都可控制，而且可以根据结果随时调整下一步的试错行动。

4. 吃一堑，长一智，试过的错，千万不能再错。

试错的根本在于能从错误中及时总结有益的经验教训，而不是在哪里跌倒就在哪里停滞不前，或者从此中规中矩不求创新。但是已经被证明行不通的路，没必要再做无谓的牺牲，这对公司来说是一种资源浪费。

5. 正视试错的失败结果。

如果试错失败了，一定要直面自己的毛病与错误，负起责任，不试图责怪他人，也不找借口去搪塞，或在老板面前隐瞒你的错误。

6. 试错不是目的，是手段。

如前所述，试错的目的是创新，试错本身是创新的一种手段。如果为了试错而试错，那就太不职业了，把工作当成了儿戏。

【解决力自测】

你是某门户网站的客户总监，负责为某重量级大客户设计整体投放方案的部门新员工小越向你提交了一份让你大跌眼镜的投放方案——完全打破了这位客户以往在各频道展示广告位相对均衡的投放比例，将90%的资源都投到了刚刚创办的微博上。

小越对此的解释是："我认为微博会很快火起来，广告效果会远远超过其他频道。届时我们的广告价格肯定会上涨，我相信客户一定会感激我们现在为他着想的这一设计，从而加大在咱们网站上的投入。"

你觉得小越说得有一定的可能性，但微博毕竟刚刚开办，效果还未显现，说服客户的难度非常大，一旦不能得到客户的理解，还有可能引发客户的不满，将广告费投向竞争对手。

你会鼓励小越去做这个尝试吗?

没有老板心态的员工，不会成为好员工

公司离破产永远只有30天

每个人都要捡起地上的垃圾

百度不仅是李彦宏的，更是每一个百度人的

公司离破产永远只有30天

“无论一个公司取得多么大的成功，都别放下危机意识——哪怕片刻。所以，请记住，最好永远把自己当做一家胸怀远大理想的小公司。”

【职场价值观】

研究表明，当人们意识到某事的成功概率约为50%时，为取得成功而发挥的潜能会达到最高峰。企业的危机终究是职场人的危机，从老板的角度审视企业，将危机感转化成自己的责任感，这是你所在的企业从根本上远离危机的动力。

日本东京证券交易所董事长、曾任东芝社长的西室泰三说：“危机感是公司的财富。”海尔CEO张瑞敏的办公室墙上挂着“永远战战兢兢，永远如履薄冰”的一幅字。比尔·盖茨则说：“微软离破产只有十八个月。”

孟子曰：“生于忧患，死于安乐。”保持适度的危机感，除去“生于忧患，死于安乐”的智慧外，还有利于企业顺畅度过每个生命周期。

公司离破产永远只有30天，其道理就好比说自行车离倒下永远只有30秒，飞机离坠机永远只有3分钟一样——一家卓越的公司必须拥有不断前进的动力。《吕氏春秋·尽数》上说：“流水不腐，户枢不蠹，动也。”一停步就没落，一静止就腐朽，说的就是这个道理。

【李彦宏实践】

虽然不做内刊的主编已经有很多年了，但麦子还是忘不了自己拿着2006年下半年那期内刊《简单》的小样去请Robin撰写卷首语时的一幕。

“现在，谈宏图大志不如做一下反思。”吐出这句话的Robin似乎盯着他看，但眼神却已经穿过他看到了很远处的什么。那声音不响，却不像在回答他，当然也不是责备或反驳，是一字一顿慢慢出来的。

这是2006年的一个冬夜，麦子敲开Robin的办公室。他例行公事地说：“这一期内容大多是关于第一届百度世界大会的，建议您可以写写百度未来的‘宏图大志’。”

没想到，Robin给出的竟是这么一句回答。

“自从上市归来，公司里渐渐出现骄傲和松懈的苗头，以及但求无过的工作态度，这其实令我很担忧。”Robin对麦子说。

麦子清楚地记得，Robin的邮件是当天晚上十一点多发过来的，标题是《百度离破产永远只有30天》。这让他吃了一惊，文章中写道：

“当我们愉快地享受着宽松文化和股价高起给每个人多多少少带来骄傲的同时，我们不要忘了，百度离破产永远不到30天！

“我们处在一个全球化的时代，我们处在变化最莫测的行业，技术的变革，资本的无情流动，消费者面对越发多元化选择时的不稳定，都让我们这家年轻的公司终日乾乾，如履薄冰。

“坦白地说，相较这段时间诸多事件引发的对百度品牌损失的担忧，我们更担忧的是在百度上市一周年以来，在公司里的某种骄傲和松懈的苗头，某种以为可以像在‘资本主义国企’的那些国际公司里的但求无过的情绪在滋生，这些才是我们更加深重的忧虑。

“我们必须时刻提醒自己，身处这样一个不确定的年代，我们仍然是一家心中有着远大理想的小公司。我们要投入全部的精力来提升我们的核心技术，创造出具有更好用户体验的产品！我们要比别人更快地行动，我们要杜绝一切形态的浪费，才有可能生存下来。

公司离破产永远只有30天

晚上十一点多，麦子收到了Robin的邮件。

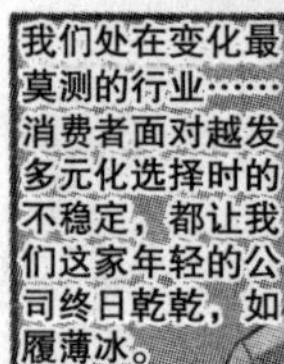

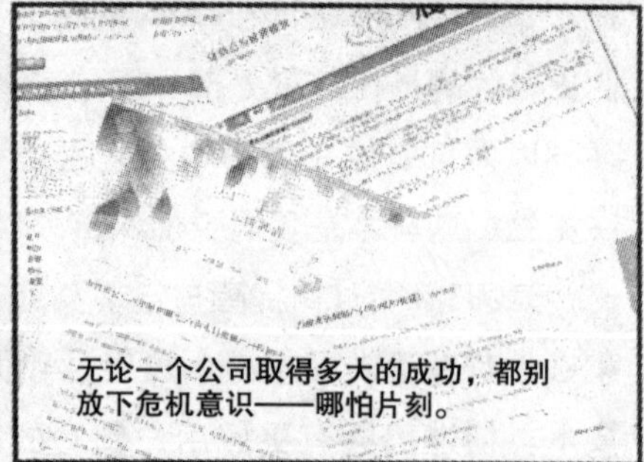

“我们希望每个人都有一个铁饭碗，但那不是在一个地方永远吃饭的碗，而是终身都能找到饭吃的能力的碗!

“百度永远离破产只有30天，让我们更坚强、更勇敢地共同战斗，让那一天永远不要来，这样才能让我们老去的时候仍能对孩子们说：‘有问题，百度一下’。”

看到这里，他明白了Robin的忧虑，自从上市后，大家眼里的Robin似乎只是与亿万富豪画了等号，而忘了他仍然是一位心怀远大志向的创业者和工程师。

“这篇文章写得太棒了，他显然是一气呵成的。”麦子第二天对负责印刷的同事说，“加印一些吧，这期一定会‘洛阳纸贵’。”

这篇文章至今仍广为各种管理类网站所转载。

【职场真人秀】

76%与0.02%

Robin曾在很多场合“危言耸听”，他说：“百度离破产永远只有30天!”这话他经常说，而且离他越近的人听到的频率就越高。

很多人不以为然，百度占据着中国搜索引擎市场76%以上的市场份额，这样的公司会倒闭？开玩笑吧!听多了之后，更觉得有点儿像“狼来了”的笑话。

但2009年9月，在一次内部培训上，首席产品架构师孙云丰却也当起了这句话的“吹鼓手”，他深有感触地说：“不要以为百度在搜索市场取得了老大的地位，就可以稳坐江山，我们每一天、每一个小时都面临着极大的挑战，要求我们不停步地努力。表面上平静的搜索框下，实则没有一刻不是刀光剑影。”

他提醒大家，仅就网页搜索技术本身而言，百度与竞争对手的差距，并不是很大。正是百度每天不间断地提升用户体验，才保持了微弱的优势。“因为搜索引擎的转化门槛几乎是零，一招落后，用户就有可能离你而去。”

76%这个数字并不能代表百度搜索已经独步天下，可以高枕无忧了，当我们达到这个数字后，它就已经成为历史了。

孙云丰向大家透露，百度的网页搜索技术部门聚集了中国最懂搜索技术的数千位工程师，每天都有三十多项技术升级上线，搜索质量每天都会有0.02%的提升——这个数字看上去很小，但是在现有的基数上，哪怕提高0.01%，也越发困难。一个季度下来，百度的网页搜索质量能提升多少呢？2%。又是个看上去不起眼的数字，但是历史经验证明，如果双方的搜索质量差距达到2%，那落后者的市场份额便会刷刷地往下掉。

所以说，Robin的话还真不是危言耸听。

成功者都缺乏安全感？

虽然在世人看来他们都处在财富的金字塔尖儿，他们却比一般人还缺乏安全感。

比尔·盖茨说："人生就像一座着了火的房子，我们的任务就是尽力从里面抢救出一些东西来。"

"这辈子没法做太多事情，所以每一件都要做到精彩绝伦。"这是乔布斯的名言。

一百三十八次兼并濒危小厂，两次世界级的收购，凭借过人的智慧和近乎残忍的成本控制手段，58岁的拉克什米·米塔尔最终建立起一个横跨六十个国家、拥有三十二万名员工的钢铁帝国。他说："生命苦短，你来不及白手起家创建自己的公司。"

华为在2000财年销售额达一百五十二亿元，利润以二十九亿元人民币位居全国电子百强首位的时候，其创始人任正非却大谈危机和失败。"十年来我天天思考的都是失败，对成功视而不见，也没有什么荣誉感、自豪感，而是危机感。"任正非说，也许正因为这样华为才存活了十年。

因为他们都明白，做成一件事很难，可能要"万事俱备"，还要能等到"东风"；而要破坏一件事则很容易，只要一个漏洞就够了，所谓"千里之堤，溃于蚁穴"。

所以当外部高歌猛进，内部也一片欢乐祥和的时候，任正非用《华为的冬天》一声棒喝：“公司所有员工是否考虑过，如果有一天，公司销售额下降、利润下滑甚至破产，我们怎么办？我们公司太平的时间太长了，在和平时期升的官太多了，这也许就是我们的灾难。泰坦尼克号也是在一片欢呼声中出海的。而且我相信，这一天一定会到来，面对这样的未来，我们怎样来处理，我们是不是思考过？”

正因为始终保持这样的危机感，华为没有重蹈泰坦尼克号的覆辙。

【最优化法则】

1. 居安思危，在公司最顺利的时候，也要做有危机感的员工。

我们常说：人无远虑，必有近忧。福兮祸所伏，祸兮福所倚，一片平静下可能正在暗流涌动。要时刻意识到，当你停下休息的时候，别人正在奔跑，在这种危机感之下，一个人才能具有很强的自律与自我驱动的意识。

好的员工，应该是公司的发动机而非螺丝钉，不会坐等上司的安排而是主动寻求机会和漏洞，充分发挥自己的潜能。职业生涯也如逆水行舟，不进则退。

2. 最大的敌人是你自己，不要被以往成功的经验绊倒。

在危险的环境中，保持警惕是容易的；而面对胜利，人们则很容易被冲昏头脑。所以可共患难而不能共富贵的例子屡见不鲜。从失败走向胜利不容易，从胜利走向更大的胜利则更难，著名管理学家柯林斯所写的《从优秀到卓越》就论证了这一点。

环境是会变化的，取得成绩后不能躺在功劳簿上睡大觉，或者机械套用原来的经验，那样无异于刻舟求剑。

3. 防微杜渐，勿以善小而不为。

不要以为搞垮公司的都是大事，巴林银行就是被一个看似不起眼儿的交易员拖垮的。千里之堤，毁于蚁穴，要完善内部控制，不能忽视任何一个细节的异常，用尽责之心对待你的每一项工作。作为员工，也要关注公司产品在市场上的表现，不要放过任何可能给公司带来损失的小事，要努力去想办法改善。这样的员工，当然是老板眼里最可依赖的人。

4. 保持危机感不是要你惴惴不安，危机感不等于惶恐心理。

最不能听"生于忧患，死于安乐"这句话的人，便是"杞人"，因为他太"忧天"。过度的危机感，将不可避免地带来惶恐心理。正确对待危机的办法，是战术上重视危机，而战略上藐视危机。心理学研究表明，适度的焦虑有助于保持清醒，提高效率；但过度焦虑则会导致情绪压抑，思路受限，反而对工作产生负面影响。

"公司离破产永远只有30天"，强调的是一种竞争压力，而不是心理干扰，它帮助你尽快进入竞争状态，而一旦比赛开始，则要以平常心对待。

【解决力自测】

假设你是一家制造打火机的公司的负责人。你的公司已经占据了国内一次性打火机市场的最大份额，并且有大量产品出口到全世界几十个国家。眼下，你的五个下属每人都有一件他们认为很重要的、影响公司命运的事情要向你汇报。多年的经验告诉你，你应该优先处理最重要、最容易引发危机的问题。你会按照什么样的顺序听取汇报？

1.欧盟打算对中国生产的打火机发起反倾销调查。

2.中国宣布将在绝大部分公共场所禁烟。

3.湖南、湖北已经出现三起本公司产品突然爆炸伤人的事件。

4.本公司的利润率极低，企业利润总额增长速度明显放缓。

5.公司董事会建议本公司寻找新的投资机会，因为你们在打火机市场的份额已经不可能继续增长。

每个人都要捡起地上的垃圾

“勿以善小而不为，公司里任何一处小的不完美，都是你可以动手去改善的地方。而对公司而言，如果员工都愿意把公司的每件小事当成自己不可推卸的责任，那么这家公司就没有理由不成功。”

【职场价值观】

你不是清洁工，但你乐于为了你的公司，捡起地上的垃圾，这说明你拥有一种自然而然的责任感，这种责任感将让你在职场中变得卓尔不群。

进入一家公司后，就好比上了一条大船。如果你恰巧看到船体有个小洞，即便你只是个普通船员，恐怕也会立即想办法报告船长，并着手修复。那么，如果你是一家公司的职员，又有什么理由放过那些可能影响公司发展的细节呢?

很多时候，我们自嘲为“打工者”，但是如果你把这种自嘲真的当做一种根深蒂固的工作观念，那么你可能一辈子都只能是没太大发展前途的打工者。因为公司的兴衰，和每个人都有利益关系，每个人的贡献，都是帮助公司，成就自己。

因此，要把自己看做公司的主人，建立与公司共同发展的信念。没有一个老板会喜欢一个“给多少钱，干多少活我儿”的员工，因为这样的员工没有热情、没有归属感，老板又怎么愿意委以重任呢?

【李彦宏实践】

2008年10月的百度，已经是一个有着七千人的“大”公司了。百度成立的八年里，Robin每天都保持着一个习惯：如果发现自己在百度的搜索结果不那么好的话，他会顺手往bugs@baidu.com的邮件组里“投个条儿”，就像一个最普通的用户一样，给百度提一些建议。

这天，他正好遇到了bugs邮件组的负责人小E，于是问了一句，“现在抓bug的邮件组里，百度人自己投的问题多不多?”

小E说：“除了产品部门和QA的同事之外，其实……投得最多的……是您。”

Robin眉头一皱，当上这么个“冠军”可不怎么开心。小E赶快借机建议，“现在员工越来越多，可能知道这个邮件组的人并不是很多。如果您能鼓励所有员工都来关心一下百度，相信会多起来的。”

“鼓励所有人都来关心公司”，这句话，把Robin的思绪，拉到了十几年前。

1994年Robin刚开始在美国华尔街一家公司工作，干了几年，他发现一件想不通的事——他的老板夫妇两人都已经50多岁，家中没有孩子，但他们每年都会去同一个地方度假，这个地方就是迪斯尼乐园。

一天Robin终于忍不住问老板，“迪斯尼是小孩儿去的地方，你们俩都这么大了，去那儿干吗?”

老板笑了笑，说：“迪斯尼跟其他的那些主题公园其实没什么差别，但是它里面的任何一样东西，都做得比别人好那么一点点。所以，即使什么都不玩儿，只是坐在它的长椅上看看书，你也会感觉非常舒服。”

几年后Robin加盟了硅谷的一家公司，这家公司后来恰巧被迪斯尼收购了，Robin在一次迪斯尼老板对员工进行的内部培训中终于明白了这几年一直萦绕在他心中的，关于迪斯尼为什么“比别人都能好一点点”的秘

每个人都要捡起地上的垃圾

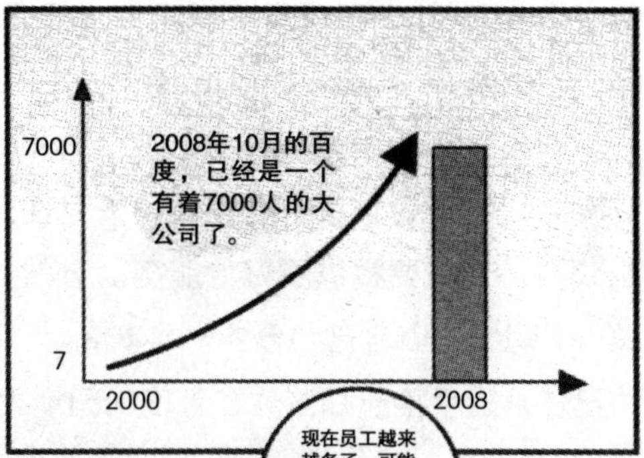

7000
2008年10月的百度，已经是一个有着7000人的大公司了。
7
2000
2008

现在抓错邮件组里，百度人自己投的问题多不多啊？
除了产品部门和QA同学之外，其实……投的最多的……是您。
……
现在员工越来越多了，可能知道这个邮件组的人并不是很多。
如果您能鼓励一下所有员工都来关心一下百度，相信会多起来。
你说的对。

诀——“在迪斯尼公园里，你不会看到地上有一片垃圾，因为，公司里的每一个人，从VP到演员，都不会容忍自己看到地上有一片垃圾而视若无睹，“Everyone picks up trash”——“人人都会拾起垃圾”。

在接下来的一次内部会议上，Robin把这个故事生动地讲给了每一位百度人，他告诉大家，百度和迪斯尼在这点上很相似，我们也是一家服务型公司，也是要提供更好的服务。自然，需要七千个百度人，每个人都来关心公司，关心自己“分外”的事情，“请大家以主人翁的心态视公司成功为己任，随手捡起那些你在百度的园地里看到的垃圾吧”。

【职场真人秀】

春霞姐的电话追击令

终于盼到了周末。一个星期的忙碌过后，少宇终于有时间多睡会儿了。

周六的这天早上，还在梦乡中的少宇突然被一阵手机铃声震醒：“少宇，你能上网吗？我发现news的检索结果有点儿问题，你看一下！”少宇还有些睡意惺忪，但是他听出了熟悉的声音——春霞姐。

少宇是负责相关技术的工程师，他揉开睡眼，赶忙穿上衣服，电脑还在启动中……

第二个电话又来了，还是春霞姐：“少宇，你看了吗?”急切的语气让少宇顿时痛悔自己：为什么要穿了衣服再开电脑呢?

经过紧急处理，一个bug（产品中的错误）快速消失了。

“报告春霞姐，处理完毕。你检查一下吧。”少宇这才重归他的梦乡。

春霞姐是QA团队的一个普通员工，她在百度很出名。因为她数年如一日对bug“孜孜不倦”的追求，虽然这并不是她的本职工作，但仿佛她已经把时时为百度寻找bug当做了生活的一部分。无论是自己使用百度时遇上的bug，还是看到的别人报错，春霞姐都会第一时间报告到相关负责人那里，并尽量联络到工程师及时更正。

并不光是春霞姐，很多百度人都养成了这样的习惯：一旦在百度上发现bug，就马上一个邮件，或一个电话，向相关人员发出警报，甚至“追击令”，直至bug消失。

春霞姐说，在百度人眼里，是容不得bug的。岗位职责有边界，但对公司的责任是没有边界的。

改变命运的一封信

《华为真相》一书中有过这样一个关于新员工的故事：延俊华提笔写这封信时，他并没有太多的瞻前顾后，只是觉得华为的这些问题，不提出来心里不痛快，好像自己没尽责似的。

此时的延俊华刚刚从清华大学毕业，来到深圳华为公司。这时的华为已经是国内知名大企业，很多地方已经形成了自己的传统做法。但是有些传统在新进的“外人”延俊华眼里，仿佛都是一根根刺，是华为必须解决的问题。

于是，进公司没两天的他，在收集资料进行调研后，一挥而就了《千里奔华为》的信，收信人，正是华为老板——任正非。

在这封信里，延俊华十分尖锐地提出了华为目前存在的问题，并针对性地提出了一系列非常系统、切实可行的建议。

尊敬的任总：

您好！

我是中试传输部的普通员工，今年2月份进华为。随着时间的推移，我逐渐发现华为存在很多问题，有的问题已相当严重。我思忖：“这些问题老板知道吗？如果知道，怎能让一些简单的问题困扰企业的发展呢？”

延俊华的事业就因为这封信从此改变了。新员工向老板又是提缺点又是说建议的，实在不是件容易事，但是延俊华成功了，他的信，引起了总裁任正非的极大兴趣。

任正非并没有因为写信的是个初出茅庐的新员工就置之不理，相反，读完信后非常欣喜，他被这个小伙子的大胆和远见震惊了，当场就称其为

"一个会思考并热爱华为的人"，并当即决定提升他为部门副经理。

你也许会说那些捡起地上的垃圾时正好给老板看到而被提升的人是运气，但是看了这个故事，你是不是觉得有些"垃圾"其实一直存在，只是太多的人视而不见？我们需要的不是运气，而是"捡垃圾"的勇气和心态。

【最优化法则】

1. 以善小而为之。

"垃圾"，指的是任何和公司发展相关的事情，可以是公司的战略经营风险，可以是平时办公流程、企业风气的不合理之处，也可以是小到如节约用水用电之类的小事。"捡垃圾"最重要的，是勿以善小而不为，也不要认为没人监督你就无所谓。

在百度，曾经有一阵儿一次性纸杯的消耗量特别大，原因是部分员工为了图方便，放着自己的杯子不用，每次喝水都顺手使用一次性纸杯接水。于是没几天，一位普通员工就发出了"节约纸杯"的倡议，这一倡议越传越广，还得到了李彦宏的推广和支持。现在，每次开会时，无论是普通员工还是管理层，都自己准备了专门的杯子。这名"捡垃圾"员工的"不吐不快"，促成了公司的良性行为。

2. 关注更广阔的范围。

每个人在公司都有本职工作，而所谓的"垃圾"，尤指那些本职工作之外的小事。这就要求你关注更广阔的范围——公司其他部门是如何运营的？公司的产品使用起来怎么样？只要真的把公司的事情当做自己的事情，就会像教导自己的孩子一样迫切希望把每个bug都扭转过来，希望公司每个细节都做得更好。

因此，不要抱着各人自扫门前雪的心态甘心当颗螺丝钉，把眼界放宽一些，多管一些"闲事"。

3. 有勇有谋地建言，重事实，摆证据，不要怕得罪人。

自古以来，指出问题所在、讲真话、向上建言都是需要承担心理压力的，这就要求你有勇有谋。所谓有勇，就是敢于指出问题所在，不被自己打垮；所谓有谋，就是能摆出事实拿出证据来证明问题的存在，通过调研和资料收集给出有价值的意见，而不是洋洋洒洒把自己的观点挥洒一番。

4. 不怕别人的误解，坚持到底。

一个积极为公司着想、为公司“捡垃圾”的好员工很容易遭到别人的误解，比如会被说成“想出风头”或者“故意挑别人的刺”。这时，就需要自己能保持一个良好的心态，身正不怕影子斜。

当然，我们也完全可以在报告“垃圾”之前问一下自己，自己这么做的初衷是不是确实为了公司好？自己“挑刺”的方式方法是不是对事不对人？

5. 不怕麻烦，好事做到底。

刨根问底地解决问题。多麻烦的那一点儿，正是解决问题的关键所在。

6. 不要偏废主业，变成以“捡垃圾”为生的员工。

在公司里，你的首要职责当然是做好本职工作，“捡垃圾”只能是“兼职”，绝不会成为公司希望留住你、提拔你的主要原因。

曾在惠普（中国）公司工作的高建华在《笑着离开惠普》一书中提到这样一件事：刚到惠普时，他担任市场开发助理工程师的职务。同时，上司指定他负责公司一个用来给客户做演示的房间的管理。

一天，他发现这个房间机器乱七八糟，纸箱和文件一片狼藉，就动手收拾：摆机器、收文件、扫地、擦桌子……一通忙碌，满头大汗，房间收拾好之后，却被市场部经理批评了一顿：“我想告诉你的是，我不希望用一个工程师的薪水请你来，而让你去做打扫卫生的工作。”

显然，市场部经理不满的是，一位工程师竟然把宝贵的时间花费在清洁工负责的细小事情上，这是对自己的工作和公司都不负责任。

【解决力自测】

你在一家生产电子产品的大公司工作，前几年产品很不好卖，销售部门很辛苦，在强烈的销售文化氛围下，公司销售部门的人变得日渐强势。近期，公司新上市的移动硬盘在市场上供不应求，这个产品利润又高，所以经销商都排着队要货。

在春节回家的火车上，你从同车厢两个人的聊天中发现他们是你们公司产品的经销商，在抱怨你们公司的销售人员“太黑”，还说起某个销售人员索要了一大笔好处费才给供货的事情。你听了以后很气愤，也很为公司的形象担心。

这时你开始思想斗争，如果把这件事情向公司反映，肯定会得罪销售部门，又没凭没据的，很可能引火烧身；如果不说，就当做不知道，你又觉得自己不是一个好员工。那么，你该怎么办呢？

百度不仅是李彦宏的，更是每一个百度人的

“一个成功的企业应该注重营造这样一种氛围，让每一个员工都觉得自己是企业的主人，将个人的事业发展融入企业目标中，与企业荣辱与共。”

【职场价值观】

这道理不仅适用于百度，也适用于任何一家公司，它讲的是“所有者心态”。职场新人越早建立起所有者心态，就能越早地像所有者一般思考。这样有什么好处呢？你能从一家企业运行的全局角度去思考具体的问题，这会让你在企业中的思维模式和行为方式与企业成长的方向保持一致，从而让你不断作出一个个正确的选择，并有可能尽快走上管理岗位。

百度是李彦宏一手缔造的，但如果仅仅是李彦宏的，它就可能永远是一个创意、一个作坊、一个无法落地的梦想。不止一个伟人说过：“推动历史的不是英雄，而是人民。”将这个道理推广至商业，同样可以说，推动一个公司成长的，不是老板，而是员工。

英特尔前总裁安迪·葛洛夫应邀对加州大学伯克利分校毕业生发表演讲，他提出这样的建议：“不管你在哪里工作，都别把自己当做员工——应该把公司看做自己开的一样。”诚如此言，百度是百度人的百度。对于员工来说，成就百度就是成就自己；对于李彦宏来说，成就员工就是成就百度。

每个成功的企业，几乎都有这样的信条：员工之于企业，要像爱护眼睛一样爱护企业的品牌；企业之于员工，致力于与员工共同成长。和你所在的企业一道成长，将使你在职场上迅速脱颖而出，以超越绝大多数人的速度成长。

【李彦宏实践】

2003年，虽然百度在技术上已经初具优势，但仍然属于中国搜索市场的后起之秀，流量还没法与竞争对手媲美。

2003年春节假期后，彼此好久不见的百度工程师们见了面都分外亲切，一边“瓜分”着各自的家乡土特产，一遍聊着天，“嗨，春节回家干啥了?”

工程师小M走到大家中间，用神秘的眼神扫了一眼每个人，带着得意的表情说：“这次回家，我可干了一件大事!”

“什么大事?”周围同事纷纷把头凑了过来。

“我呀，把百度介绍给了家里二十多个上网的亲戚朋友，做了回义务广告，他们都很惊喜，也答应回去之后帮我再向自己的亲友推荐百度，让大家都百度起来!”小M拍着胸脯，相当得意。

“嗨，我以为什么事儿呢，瞧把你给神秘的，我也推荐了!原来我那弟弟上网只会游戏、聊天，然后我就告诉他，上网还可以找很多信息的，用百度就行了，把他乐坏了。”另一位工程师小W也迫不及待地说。

“我也是我也是!”小J忙不迭插嘴，“现在上网人开始多了，我还跑到网吧里宣传呢，告诉他们百度可方便了，一下子能找到很多问题的答案，建议大家都把百度设成首页。”顿时周围纷纷响应起来。这让小M有点儿失落，但转瞬又眉开眼笑了——每个百度人都在这样做，这流量还能不升?

一个月后，俞军拿着新鲜出炉的PV统计报告来找Robin，“春节后百度流量又上了一个台阶!”俞军兴冲冲地说，“我们分析了一下，原因是春节期间全国人口大移动，我们原来的用户在春节聚会里，向家人朋友推荐了他们在百度的好体验，于是节后，就带来了更多的新用户。”俞军顿了顿，乐呵呵地说，“别说用户了，我听说，我们的工程师们，整个春节假期，每

百度不仅是李彦宏的，更是每一个百度人的

个人都自发地在宣传百度呢。"

"是吗，这也是我在春节里天天做的事儿啊。" Robin笑着说。

就是在这样的口口相传下，百度的中文搜索市场占有率一路飙升，到2004年年底，百度的搜索流量与竞争对手已经不相上下，为取得市场领先地位奠定了基础。

现在，百度已经有七千名员工，但是百度人对"百度"品牌的爱护却是有增无减。每当百度人遇到推广百度的机会，都会不遗余力地介绍百度；每当看到有威胁百度声誉的隐患，百度人都会立即寻找处理办法。要是听说哪个朋友抱怨百度某个产品哪儿不太好用，百度人就会不厌其烦地为他解释、给他演示，或者把用户意见记录下来发给相关同事参考。无论高难度的技术问题、棘手的广告客户，还是用户发来的每一条使用疑问、产品建议，不管问题大小，"解决它"，是每个百度人最直接的反应。

对此，Robin在一次年会上深有感触地说："大家真的是让我很感动，让我感到百度不仅是我李彦宏的，它更是每个百度人的。"

【职场真人秀】

偶然？必然!

2009年3月的一天，林桢像往常一样去熟悉的IT论坛转悠，这已经成了他的习惯，甚至是工作习惯，一方面是可以了解到业界的最新动态，另一方面也可以看到网友对公司的评论。可别小看鱼龙混杂的"坛子"，对互联网来说，最新鲜、最热辣、最火暴的信息多半都是从论坛发源的，要想把握脉搏，没有这个火眼金睛可不行。

粗粗浏览一遍，一则调侃搜索引擎的帖子引起了林桢的注意，该发帖人声称自己试验了百度和其他搜索引擎的"关联搜索"功能，没想到得到了一个令人大跌眼镜的结果：用诸如"妹妹"、"嫂子"等再正常不过的关键词，两个搜索引擎居然都提供出了一些不雅的联想结果。

林桢心里"咯噔"一下，他直觉这可能是个"地雷"！不仅用户体验非常糟糕，也足以引爆社会公众对百度的指责。林桢本人是做投资并购工作的，他并不太懂技术和公关，也不明白为什么会出现这样的问题；但有一点他很明白：这件事很有可能影响百度的声誉，而作为一个百度人，既然发现了这个问题，就要尽力解决它，决不能坐视百度的品牌蒙羞！

林桢赶紧给bug邮件组发去了邮件：

发件人：林桢

发送时间：2009年3月4日　15：12

主题：不雅的关联搜索结果

各位好，

有人称在百度搜索一下词汇，有可能有不合适的搜索结果出现。这些词汇是：母，妹妹，姥姥，婶，嫂子，表妹，表姐，舅妈，伯母，姨，姨妈，阿姨。

其中某些关联搜索结果的确不雅（参阅附件文档）。请产品同事核实，判断，调整。

bug邮件组一收到林桢的邮件就坐不住了，大家纷纷表示：“这些结果让人寒死了”，并一致同意将这一问题的优先级提至最高，大家都觉得，这样的问题多存在一分钟，对百度的伤害就多一分。

工程师们马上开会着手解决，各个争分夺秒，大家都觉得这次处理的不仅仅是一个bug，而是在尽自己对百度的责任。这个潜在危机在百度人的主动关心下顺利消解了，后来，网页搜索的工程师们将一系列类似问题都列入了重点案例。

这事还有后话。6月，竞争对手因为关键词的不雅联想被曝光，引来口诛笔伐无数。外界有人评价百度是凑巧逃过一劫，但是在林桢看来，这不能仅仅归因于运气。自己是碰巧第一个发现了bug，但他相信，就算自己那天没上论坛，第二天bug邮件组也会收到其他同事的报警，因为百度人把百度的荣辱当成自己的，维护百度的荣誉是自然而然的事情。有多少百度人，就有多少“百度卫士”。

面对客户，我就是联想

无独有偶，IT业界的老大联想也有过这么一档子事儿。

2001年10月一个周末的下午，联想集团财务部的小曹正在西单的某商场陪老婆逛街，突然听到附近有人大声喧哗，走过去一看：两个中年人身边放着一台联想电脑，正高声数落着电脑坏了，要求退货，并扬言不退货就不走了，引得很多人驻足围观。

商场的人包括联想1+1专卖店的人似乎都被这两人的气势吓坏了，躲得远远的。商场的电脑营业部主任也是一副隔岸观火的架势："客户不同意维修，要求退货。但退货不符合商场的规定，肯定不能退。如果他们继续僵持下去，只有等到晚上九点商场关门，让保安把他们清出去了。"

看到这情形，小曹心里一紧，这影响太坏了，得赶紧想办法控制住局面。他大步走到营业部主任面前，说明了自己的身份，不顾对方惊诧的眼神，要到了联想华北区业务督导和电话中心值班经理的联系方式，然后迅速打电话反映了现场情况。放下电话，他又掉头去劝说客户和商场的工作人员，希望他们协商解决，在他的安抚下，两个中年人的声音小了很多，但仍然坚持不退机不行。

时间一分一秒地过去了，直到晚上七点多，在联想华北区的配合下，最终协议由商场垫付退货款给客户退机，终于让客户满意而去。

这件事被华北区上报总部之后，引起了联想内部的热烈讨论，小曹的举动与公司倡导的"客户服务"理念不谋而合，他还因此荣获了联想年度表彰的"联想风范奖"，事迹也被写进了《联想文化手册》。

【最优化法则】

1. 进入一家公司，就要努力爱上这家公司。

在20世纪80年代，人们倡导"干一行，爱一行"，后来一度被人们嗤之以鼻，但现在又出现了有趣的回归，“主人翁”精神重新被提倡，说明其实这种精神是超越时代和偏见的。尤其是现在的职业都是双向选择，不存在“被分配”或强迫的情况，如果你对自己的选择不在意，甚至持批判态度，又何必要选择呢?

我们在第一章就开宗明义：选择你自己喜欢并且擅长的事。你的职业规划自然也以此为原则，那么一般而言，你所选择的公司必然也是先期了解中比较认同和喜爱的，自然就有被你欣赏之处。既然认准了，就应该好好地为公司服务，不要轻易怀疑自己的选择。

2. 在工作中，忠实表达对公司的看法。

我们说爱公司，不是无原则地服从或偏爱。在工作中不断发现问题并向公司建言献策，这不是“看不上”公司，恰恰是爱护的表现，所谓“爱之深，责之切”。成功的企业都不会讳疾忌医，都会鼓励员工在公司中勇敢表达不同意见，多提合理化建议。这样，我们才能在磨炼中持续成长。

3. 在公司以外，遇到有损公司名誉或利益的情况，要大胆站出来维护。

上条我们说了忠实表达看法，在这是不是说，我们要把公司的所有状况管它好的、坏的都暴露在众目睽睽之下呢？或者当别人批评公司时，我们人云亦云，甚至利用自己掌握的“内幕”，再狠狠踏上一脚呢？当然不是。

矛盾分内部和外部，有些矛盾属于公司内部可以解决的，就没有必要拿到外面去说。再伟大的公司也不能说自己臻于完美，都有这样或那样的缺陷，我们可以通过公司的内部建设进行改进，而不一定非让它曝光在众人面前。我们对犯错的儿童都是宽容的，因为小孩儿在“试错”中成长，所以对公司存在的缺陷不能过分苛求，无限放大。

再一个是尊严的问题。事实上，公司和你是一体的，别人会下意识地认为“你是某某公司的人”。你帮助别人骂公司，往往并不能“撇清”你自己，反而让人同时看轻了你。不知道尊重自己的人也不会获得别人的尊重。最典型的比如出国，在国外听到别人侮辱中国人，虽然我们也明白我们有很多不足之处，但依然要予以反驳。这不是“护短”，民族尊严换到哪个国家的人都一样，维护同胞就是尊重自己，我们可以接受合乎情理的批评，但不能允许随意放大的攻击。在外人面前维护自己的公司，这个道理是一样的。

4. 别怕人家说你“出风头”。

在现实生活中，我们经常会担心在非自己职责范围内主动维护公司利益的举动是“出风头”的表现。如果在非正式场合发表对公司“爱的宣言”，更容易被人嘲笑为“作秀”或“矫情”，让人认为你是不是幼稚或被公司“洗脑”了。

每个人都有自己的判断，我们不能左右别人的思想，但可以坚持自己的信念，只要你认为自己是对的，是发自内心的，勇敢去做或大声说出来又有什么可顾虑的呢?

【解决力自测】

私人聚会中，一个刚认识的朋友（朋友的朋友）正在大谈他新买的家电质量如何如何不好，并连带把这家厂商批得一无是处。很凑巧，这家厂商正是你供职的单位，虽然在工作中你也会发现很多不尽如人意之处，但被人当面这么批评，你心里还是很不舒服。你会怎么做?